遊郭の花嫁

小春りん

STARTS
スターツ出版株式会社

「ずっと、お前を探していた。俺の花嫁」

低く艶のある声に導かれ、女は静かに振り返る。

空に向かって大きく枝を広げる桜の木の下には、白い軍服をまとった眉目秀麗な男が立っていた。

「あなたは――」

漆黒の瞳は一途に、女へと向けられている。

さらりと風に流れた銀色の髪は毛先に向かうにつれ薄紅色に染まっていて、陽に透ける度に色濃くなった。

とても、美しい人。

半面、どこか陰のある男の様子に、女は一抹の不安を覚えてしまう。

「約束だ。お前だけは、なにがあっても護り抜くと誓う」

桜吹雪が舞う幻想的な景色の中で、ふたりは互いを求めて手を伸ばす。

はらり、はらりと散る花びらだけが、運命の行く末を見守っていた――。

目次

遊郭の花嫁

序幕

古より日本は、ふたつの世界で成り立ってきた。

人々が暮らす表舞台、〝現世〟と、人ならざる者——妖や神、そして一部の選ばれし人のみが住まう、〝帝都〟だ。

ふたつの世界は決して交わることはないと思われた。

人は人ならざる者の怪異的な力に怯え、人ならざる者もまた、人の未知なる知恵を恐れたからだ。

しかしあるとき、人ならざる者の中でも特に強大な力を持つ者が現れた。

それは、人ならざる者でありながら、人の女を花嫁として迎えた妖だった。

「人ならざる者の雄は、清らかな魂を持った人の女を娶ることで、より強い力を得ることができる」

ふたりの間に生まれた子も賢く雄弁で、帝都にて数多の輝かしい功績を残したという。

以降、人ならざる者の男たちの多くは、人の中から生涯の花嫁を探すことに躍起になった。

けれどそのうち、手当たり次第に人の女を攫(さら)う、人ならざる者が現れはじめる。

事態を重く見た現世と帝都の両政府は、〝とある場所〟以外での花嫁探しを禁ずる掟(おきて)を定めた。

すべては安寧秩序(あんねいちつじょ)を守るため。

こうして、人ならざる者が、花嫁となる女を探すために訪れる場所として、苦界(くがい)と呼ばれる花街・遊郭、〝帝都吉原〟は創られた——。

出逢い

ときは大正――。ここは、浪漫華やぐ現世の闇が巣食う場所。

「さぁ、次の女、前へ出ろ」

抵抗できないように両手を後ろで縛られた女のひとりが前に出る。

彼女の身体検査が終わればいよいよ自分の番だと、吉乃は無意識のうちに身構えた。

ここは、帝都吉原。

今、吉乃がいるのは現世から売られてきた女たちの運命を決める、案内所だ。

一般的な劇場ほどの広さの室内には約二十名の女が集められており、彼女たちは共通して、遊女になる宿命を背負っていた。

「こいつらの中に、帝都で名を馳せるお方の花嫁に選ばれる女がいるかもしれないっていうんだから、おかしな話だぜ」

女たちを見張っている人ならざる者のひとりが、嘲りながら周囲を見回す。

「とはいえ、選ばれる女は、ほんのひと握りだろう？」

「当然さ。俺たち、人ならざる者には選ぶ権利があるからな。花嫁にするのは人の女なら、誰でもいいってわけじゃない」

帝都吉原は現世政府と帝都政府の公認で創られた、人ならざる者が人の女と触れ合える唯一の場所だ。

未だに理屈は解明されていないが、人ならざる者の男は人の女を生涯の伴侶として迎えることで、強大な力を得られると言われている。

そのため、帝都に住む人ならざる者たちの多くは、花嫁を見つけるために帝都吉原に通い詰めた。

ただし、花嫁にするのは誰でもいいというわけではないらしい。

魂が清らかで、なおかつ波長の合う相手こそが〝最愛の花嫁〟として見初められ、大金を積まれて買われていった。

反対に魂が穢れていたり、誰とも波長が合わない女は人ならざる者に魂を喰われ続け、次第に心が弱って、いずれ身が朽ち果てるというわけだ。

魂の善し悪しや相性は、人ならざる者にしか判別ができない。

だから帝都吉原の遊女たちの多くは言葉の通り、花嫁探しという名目で、彼らの喰いものにされていた。

「遊女になったが最後。一度、帝都吉原の大門をくぐった女は年季が明けるか、花嫁に選ばれて身請けされなきゃ、外には出られねぇからなぁ」

実際、悲惨な現実に耐え兼ね、逃げ出そうとする遊女は後を絶たないという。

しかし仮に逃亡を図ったとしてもすぐに捕まるか、運良く大門の外に出られた場合も神威(かむい)と呼ばれる帝都政府お墨付きの精鋭軍に、捕縛されて終わりだ。

「俺ら、人ならざる者を恐れる女たちにとっちゃあ、ここは地獄――苦界で間違いねぇだろう」

「でも、中には率先して帝都吉原に来る物好きもいると聞いたぜ？」

「そういう女たちは、帝都の高貴なお方に見初められるために、あの手この手を使って成り上がろうとするんだから恐ろしいもんだ。ほら、例の――〝鈴音花魁(すずねおいらん)〟あたりは、良い例じゃないか？」

見張り役たちの会話を聞きながら、吉乃はそっとまつ毛を伏せた。

自身の足元を見つめる吉乃の目に、光はない。

（花嫁とか身請けとか、成り上がりとか……私にはまるで関係のない話だなぁ）

思い出されるのは現世での不遇な日々だ。

幼い頃に両親に先立たれた吉乃は養父母の元で育てられたが、五歳から十七歳になるまでの十二年間、それは酷い扱いを受けてきた。

『ああ、嫌だ。その恐ろしい目でこっちを見ないでちょうだい！』

『本当に気味が悪い。瞳の色が薄紅色だなんて、帝都に住む化け物みたいだ！』

吉乃は生まれたときから瞳の色が薄紅色だったせいで、周囲からは疎(うと)まれ、ずっと敬遠されてきたのだ。

養父母が吉乃を十七歳まで育てたのも、〝適齢期〟と言われる、人の女が一番高く売れる年齢で帝都吉原に送るためだった。

（でも、人ならざる者も、人らしい女を好むと言うし……。私は、遊女に不向きな気がするけれど）

とはいえ、ここに来てしまった以上、もう後戻りはできない。

先ほど見張り役が話していた通り、一度帝都吉原に足を踏み入れた女は、簡単に外に出ることはできないのだ。

「さぁて、あの女は、どこの見世の所属になるかね」

見張り役のひとりが、面白そうに目を細める。

彼らの視線の先には身体検査を受ける、人の女がいた。

人の女たちは帝都吉原に売られてきたら、まずは案内所で特殊な身体検査を受け、人ならざる者から奉公先の見世を言い渡される決まりになっている。

健康的で知的かつ、優れた容姿をした女は帝都吉原でも格式高い大見世へ。

その下は中見世、小見世とあり、最下級の遊女屋・切見世に送られる場合もあると、吉乃は自分を売った養父母から教えられていた。

「ふむふむぅ〜。お前さんは、小見世の〝豆がら屋〟の所属に決まりですなぁ」

吉乃の前に立っていた女が所属の見世を言い渡された。

ハッとして顔を上げた吉乃は、肩を落として戻ってくる女を、ついまじまじと見つめてしまった。

(え……この子が、小見世なの?)

吉乃が見た女の顔は、この場にいる誰よりも整っているように思えた。

いわゆる器量良しなのに小見世行きとは、一体どういうことだろう。

「では次の女、お前で最後だ。前へ出ろ」

けれど答えが出ないうちに、とうとう吉乃の順番がまわってきてしまった。

部屋の上座に座り、女たちが行く見世を告げているのは見た目は腰の曲がった老人だが、額に古い御札のようなものを貼り付けている、人ならざる者だ。

(さっきの子が小見世行きなら、私は切見世行きでもおかしくないよね)

覚悟はしていたつもりだが、胸には更なる絶望が押し寄せる。

吉乃は身体こそ健康だが見た目は特別美人というわけでもなく、強いて言うなら勤勉なところだけが長所と言えた。

問題は、普通と違う瞳の色だ。

薄紅色の瞳を持つ吉乃は、人ならざる者にも『人らしくない女』として見られ、疎まれる可能性があった。

「お前、なにをボーッと突っ立っている。早く前へ出ろ」

「は、はい。すみません」

つい考え込んでしまった吉乃は案内役に急かされ、慌てて足を前に踏み出した。

少しでも心を落ち着けるために深呼吸をしたあと、額に御札を貼り付けた老人の前に立つ。

「よ、よろしくお願いします」

「キヒヒッ。ふむぅ〜、ふむふむふむ」

曖昧(あいまい)な返事をした老人は、やはり異様な空気を放っていた。

緊張で思わずゴクリと喉が鳴る。

そんな吉乃に老人は、他の女にしたのと同じように、大きく広げた両手のひらをかざしたが……、

「むむむむむ……な、なんと〜っ！」

すぐにカッ！と目を見開くと、突然、周囲を仰天させるほどの大声を上げた。

「オマエっ、異能を隠し持っておるな！」

「え？」

「それも、随分と珍しい力だ！　これは大変なことになったぞ！」

老人の言葉を聞いた途端に部屋の中がどよめいて、その場にいる全員が吉乃に好奇

の目を向けた。

対する吉乃は驚きのあまり固まって、目を白黒させてしまった。

(私が、異能を隠し持っている――?)

異能とは、人に備わる怪異的な力のことをいう。現世には極まれに、人でありながら特別な力を持って生まれる者がいるのだ。

とはいえ、異能持ちの人など百万人にひとりいるかいないかという確率だ。

それがまさか自分に備わっているなど、吉乃は今まで想像したこともなかった。

「感じる、感じるぞぅ～！　ギャハハッ、こりゃあ面白いことになりそうだ！」

戸惑う吉乃をよそに、老人は興奮した様子で息を荒くしながら、腰を浮かせて立ち上がった。

「おお、そうじゃあ！　オマエのその目！　その目には、多くの者の運命を左右する、恐ろしい力が眠っておる！」

「ヒ……ッ！」

次の瞬間、吉乃の口から悲鳴が漏れた。

老人の額に貼られていた御札が、目の前で突然、縦真っ二つに破れたのだ。

「ハハハァ～ッ。オマエは、ただの遊女にしておくのは勿体無い！　ワシならオマエを有効活用できるだろう！」

直後、それまで老人だったものがみるみるうちに形を変え、恐ろしい大蜘蛛の姿になった。

身体は天井につくほど膨れ上がり、長い手脚はくの字に折れ曲がって棘（とげ）のような硬く黒い毛に覆われていく。

（な、なにこれ――）

ギョロリとした四つ目に睨まれた吉乃の全身からは恐怖の汗が噴き出した。

吉乃は生まれて初めて人ならざる者の変貌を目の当たりにし、膝がガクガクと震えて、瞬きすらできなくなった。

「ワシは百年以上、ここで人の女たちの身体検査をしてきたが、オマエのような異能を持つ女に会うのは初めてだ！」

身の毛がよだつ、悍（おぞ）ましい声だ。

吉乃以外の女たちは腰を抜かして動けなくなったり、騒然としながら案内所の中を逃げ惑いはじめた。

「オマエの異能の秘密は今言った通り、その瞳にある。オマエが流す涙には惚れ薬の効果があり、口にしたものは生涯オマエしか愛せなくなる――そう、言うなれば〝惚れ涙〟だ！」

「ほ、惚れ涙……？」

「ああ、そうだ。惚れ涙を使えば、この世のありとあらゆるものを手に入れられる。どんな賢者であろうと、愛を知ったら愚者となるのだから。とても恐ろしい力だ！」

意気揚々と語る大蜘蛛はニヤリと嗤い、四つ目を妖しく光らせた。

（まさか、私にそんな力があるなんて……）

「なにかの間違いです！　もう一度、検査をし直してください！」

反射的に叫んだ吉乃は、後ろで縛られたままの手に力を込めた。

しかし、大蜘蛛は八本の脚をウゾウゾと不気味に動かし、せせら笑うだけだ。

「フハハッ、愚かな女め。オマエに自覚はなくとも、オマエの中身を覗いたワシにはわかる！　オマエはワシと共に来い！　ワシはオマエの惚れ涙の力を使って、帝都を統べる帝の地位を手に入れるのだ！」

「あ……っ！」

直後、大蜘蛛が口から大量の糸を吐き出した。

その糸は周囲を逃げ惑っていた女たちを次々に捕らえ、あっという間に壁に張り付けにしていった。

「い、いやぁ！　蜘蛛の糸が私の身体に！」

「離して、離してよぉ！」

突然のことに室内は恐怖と混乱で荒れ、阿鼻叫喚の地獄絵図となる。

「な、なんでこんなことを……」

「ふんっ。大切な話をしているというのに、視界の端をうろうろされて鬱陶しかったのでなぁ。目障りな女たちは、このまま殺してしまおうか」

「いやぁ！　お願い、殺さないでぇ！」

「や、止めて！　彼女たちは関係ないですよね!?　今すぐ解放してあげてください！」

大蜘蛛の糸に捕らわれ、命乞いをはじめた女たちを見た吉乃は咄嗟に声を上げた。

すると大蜘蛛は一瞬なにかを考える素振りを見せたあと、妖しく笑う。

「う〜ん？　解放してやってもいいがなぁ。その代わりオマエはワシと共に来て、この先、死ぬまでワシの言うことを聞き続けると約束できるか？」

非情な問いに、吉乃は一瞬、及び腰になった。

けれど、すぐに唇を噛みしめて顔を上げると、今度は真っすぐに大蜘蛛の四つ目を見つめ返した。

「あ、あなたが、ここにいる私以外の女の人たちを傷付けないと約束してくれるのなら、要求をのみます」

本音はもちろん、大蜘蛛になどついていきたくはない。

それでも吉乃は自分のせいで、誰かが傷付くのは嫌だった。

そもそも吉乃は遊女として売られた身だ。

吉乃がどうなろうが、悲しむ者など誰もいない。

（私の身ひとつで、この場の混乱が収まるのなら……）

恐怖に怯える心を奮い立たせた吉乃の身体は華奢（きゃしゃ）で頼りないが、声には強い信念と覚悟が込められていた。

「女の人たちを捕らえている糸を、今すぐ消してください！」

「フハハッ、いいだろう。だが、女たちを解放するのは、ワシとオマエがここを出たあとだ！」

大蜘蛛の恐ろしい腕が吉乃に向かって伸びてくる。

吉乃は思わずその場に膝をつくと、ギュッと強く目を瞑（つむ）った。

「——なんだ、随分と肝の座った女がいるな」

そのときだ。

不意に低く艶（つや）のある声が聞こえたと思ったら、辺りの空気が一変した。

閉じたばかりの瞼（まぶた）を開いた吉乃は、弾かれたように声のした方へと振り返って息を呑む。

（だ、誰……？）

案内所の扉の前。視線の先には、白い軍服を身にまとった男が立っていた。

年は二十代半ばくらいだろうか。漆黒の瞳は夜の海のように静かで、感情が読み取れない。

「その度胸は、遊女として生きていくための武器になるだろう。だが、ここ、帝都吉原では自己犠牲の精神など持っていても、己の首を絞めるだけだぞ」

そう言うと男はすぐに吉乃から視線を外してしまったが、凛として佇む様は精悍で、この世のものとは思えぬほど美しかった。

「あ、あっ、あんたは！」

と、男を見た大蜘蛛が恐れおののいた様子で、吉乃に伸ばしかけた腕を戻した。ついでに見張り役を務めていた人ならざる者たちも短い悲鳴を上げ、怯え切った様子で縮こまる。

（なんで？　急にどうしたの……？）

「さて——、さっさと済ませてしまおうか」

「御用改めである！　謀反者どもは神妙にお縄につけ！」

そして男の言葉を合図に、男と同じ軍服をまとった者たちが案内所の中になだれ込んできた。

軍服を着た者たちは大蜘蛛が張り巡らせた糸を刀で斬り、捕らえられた女たちをあっという間に解放していく。

（な、なに？　なにが起きたの？）

突然のことに吉乃は事態が飲み込めず、困惑してしまった。

対して周囲を囲まれた大蜘蛛は、それまでのおごり高ぶった態度が嘘のように小さくなった。

「ときに大蜘蛛。案内所をこのような有様にするとは、一体どういう了見だ。ことと次第によっては、貴様を粛清せねばならんが、覚悟はできているのだろうな？」

「も、申し訳ありません、どうかしていたのです！　こちらの女に――この、薄紅色の瞳を持つ人の女に、特別な異能の力が備わっているのを感じまして。つい、妖としての欲が暴走してしまったのです！」

大蜘蛛が必死に弁明を繰り返す。

けれどその言葉を聞いた瞬間、男の目が再び、床に座り込んでいる吉乃へと向けられた。

「薄紅色の瞳を持つ人の女だと――？」

男が、鷹のように鋭い目をそっと細める。

改めてその瞳に吉乃を映した男は、なにかに気付いた様子で形の良い目を見開いた。

「お前は……」

そして、導かれるようにゆっくりりと、吉乃に向かって歩いてくる。

吉乃は腰を抜かしたまま、動くことができなかった。

そのまま男は吉乃の目の前で足を止めると、徐に跪き、至近距離で吉乃の顔をまじまじと見つめた。

「女、お前、名はなんという」

（ち、近い……！）

恐ろしいほど綺麗な顔だ。

さらりと風に流れた銀色の髪は毛先に向かうにつれ吉乃の瞳と同じ薄紅色に染まっており、陽に透けると色濃くなった。

人ならざる者の中には人間離れした容姿をした者がいると聞いたことはあるが、想像を遥かに超える神々しさに、吉乃は声の出し方を忘れるほど狼狽えた。

「なぁ、名を聞かせてくれ」

「え……あっ！　す、すみません。吉乃と申します！」

「吉乃？」

「は、はい。私の生まれ故郷の木花村に、村を護ってくださる千年桜の伝説があって。その桜の木にあやかって吉乃という名をつけたと、亡き両親が教えてくれて――」

動揺のあまり、余計なことまで口走ってしまう始末だ。

吉乃は慌てて口を噤んだが、話を聞いた男はまた驚いたように目を見開いたあと、唐突に穏やかな笑みを浮かべた。

「……なるほど。そういうことか」

「え？」

「先ほどの毅然とした物言いも、その身に受け継がれた清らかな魂あってのことだったのだな」

予想外の微笑みと言葉を向けられた吉乃は、思わずキョトンとして固まった。

（私の身に受け継がれた清らかな魂って……？）

一体、どういうことだろう。

「吉乃という名も、薄紅色の瞳を持つお前によく似合っている」

「あ、あの、あなたは……」

「俺の名は、咲耶という」

「咲耶、さま？」

「お前は、俺の名を呼ぶのに〝様〟などつけなくともよい」

「では……咲耶さん、とお呼びしても？」

「ああ。お前に名を呼ばれると心地が良いのも、俺たちを繋ぐ〝縁〟故か」

白い軍服をまとった美しい男——咲耶はそう言うと、再び柔らかに目を細めた。

対する吉乃はなんと返事をしたらいいのかわからず固まってしまった。

（私に名前を呼ばれると心地が良いとか、私たちを繋ぐ縁ってなんのこと？）

「しかし、まさかこのような場所で出会えるとは思ってもみなかった。巡り会えたことを幸運に思いたいところだが――手放しでは喜べないのが残念だ」

戸惑う吉乃を前に、咲耶は寂し気な表情を浮かべる。

黒曜石のように黒く澄んだ瞳の中には吉乃だけが映されていて、吉乃はまるで、ふたりだけの世界に閉じ込められたような気分になったが、どこか陰のある咲耶に一抹の不安を覚えてしまった。

「咲耶さん。あなたは一体――」

「まだ聞きたいことは色々とあるが、この話の続きは、あとにしよう」

「え……」

「どうしても先に、片付けなければならない仕事（こと）がある。少しだけ待っていてくれ」

しかし、吉乃の言葉を遮った咲耶は、名残惜（なごり）しそうに吉乃から視線を外した。

そしてゆっくりと立ち上がると、それまで息を殺してふたりを静観していた大蜘蛛へと目を向けた。

「さて、大蜘蛛。貴様とは、どこまで話をしたかな」

そう言った咲耶の目からは、たった今の今まで吉乃に向けられていた温かい眼差しは完全に消えていた。

ゾッと背筋が凍るような冷酷な視線と声に、大蜘蛛が恐怖で身を硬くしたのがわかった。

「い、いえ、私は――」

「色々と言い訳を重ねるのは結構だが、帝都内で争いごとを招いたものは有無を言わさず〝神威〟に粛清される。それはお前も、よくわかっているだろう？」

神威――。今、咲耶は確かにそう言った。

神威とは、現世でいう警察組織だ。その名は畏怖の対象で、彼らは帝都の秩序を護るためなら手段を選ばぬ軍隊として有名だった。

（まさか、咲耶さんは神威の人なの？）

「貴様はここで長く遊女の案内人を務めていたというのに、とても残念だ」

そこまで言うと咲耶は徐に、腰に差している刀の柄に手を添えた。

と、その瞬間、それまで綺麗な薄紅色だった咲耶の髪が闇色へと変わりはじめる。

瞳の色も漆黒だったのに、燃えるような紅色に変化した。

（な、なんで――？）

吉乃は咲耶から目が離せなくなった。

それは決して良い意味ではなく、あまりの恐怖に身動きが取れなくなってしまったのだ。

「お、お待ちください！　もう二度と同じ過ちは犯さないと誓いますので、どうかご慈悲をお与えください！」

「二度と同じ過ちは犯さない、か。だが、俺の聞き間違えでなければ、貴様は帝都を統べる帝の地位を手に入れるなどと嘯いていたような気もするが」

黒く邪悪な靄をまとった刀身を抜いた咲耶が目を細める。

その靄は咲耶の全身を包み込み、禍々しい空気を作り上げた。

「随分と大きな野望を抱いたものだな」

大蜘蛛の言い訳を、咲耶は聞き届ける気はないらしい。

その証拠に手にした刀を構えると、切っ先を大蜘蛛の額に突き付けた。

「め、滅相もございません！　すべて悪い冗談です！」

「そうか。だが、俺は冗談が嫌いでね。そして不穏分子は早いうちに摘むべき也というのが、我が軍の戒律だ」

そうして咲耶は呪文のようなものを唱えると、手にした刀を素早く大蜘蛛に向かって振り下ろした。

「ギャアアアア‼」

次の瞬間、大蜘蛛の身体が真っ二つに割れ、裂け目から咲耶の髪色と同じ黒い煙が噴き出す。

「あ、あ、ぐ、ぐあああああ!!」

辺りにおどろおどろしい断末魔が響き渡った。

ふたつに割れた大蜘蛛の身体はあっという間に灰となり、煙のように消えてしまった。

「い、今のは……」

一瞬の出来事で、耳をふさぐ猶予もなかった。

事態を飲み込めない吉乃は茫然自失して、今の今まで大蜘蛛がいた場所を見つめていた。

「くだらないな。実につまらん」

吐き捨てるように言った咲耶は、構えていた刀を鞘へと戻す。

すると黒く染まっていた髪が元の銀色と薄紅色に戻り、紅色に変わった瞳も、元の黒色へと戻っていった。

(やっぱり……この人も、間違いなく人ならざる者なんだ)

ここは帝都。当たり前だが、咲耶も見た目は吉乃と同じ人でも、正体は恐ろしい力を持った人ならざる者なのだ。

一瞬でも咲耶の美しい外見と、自分に向けられた微笑みに絆されかけた吉乃は、浅はかな心を強く諫めた。

「咲耶様！　蜘蛛の糸と、巻き込まれた女たちの救助もすべて終わりました！」

と、咲耶と同じ軍服をまとった者のひとりがやってきて、敬礼しながら状況の報告をはじめた。

先ほどの咲耶の話が事実であるなら、彼も神威の隊士なのかもしれない。

「怪我をしているものはなく、大蜘蛛の部下たちも念のため全員捕縛いたしました」

「ご苦労。このあとお前たちは、女たちをそれぞれの見世に送り届けてから事後処理にあたれ。俺はこれから、こちらの女の事情聴取を行う」

「わかりました！」

（え……？）

咲耶に命令された男は、すぐに持ち場へと戻っていった。

残された吉乃は未だに恐怖に怯える瞳で、恐る恐る咲耶を見上げた。

「あ、あの、事情聴取って……」

「言葉の通りだ。先ほども言ったように、お前にはまだ聞きたいことがある。とりあえず、場所を変えるぞ」

そうして咲耶は吉乃の後ろにまわり込むと、吉乃の手を縛っていた縄を切った。

数時間ぶりに腕が解放されて安堵（あんど）するべきなのに、咲耶の変貌を目の当たりにした吉乃は事情聴取という言葉に不安を抱き、咲耶の顔を見ることができなかった。

「腕が痛むか？」

そんな吉乃に、咲耶が優しく問いかける。

「い、いえ……大丈夫です」

顔を上げた吉乃は、慌てて首を左右に振った。

「そうか。お前に怪我がなくて、本当に良かった。だが、痛むところが出てきたらすぐに言え。我慢する必要はないからな」

穏やかな笑みを浮かべた咲耶は、大蜘蛛を叩き斬ったときとはまるで別人だ。

たった今、吉乃は絆されてはいけないと自分を諌めたばかりなのに、こんなふうに優しく声をかけられたら戸惑わずにはいられなかった。

（どちらの彼を、信じたらいいんだろう）

黒い靄をまとった咲耶と、今、慈愛に満ちた目で吉乃を見つめる咲耶。

ふたりは同一人物とは思えないほど、まとう空気がまったく違い、吉乃は困惑してしまった。

「それでは行くぞ」

けれど次の瞬間、予告なく身体が宙に浮いて、吉乃の口からは短い悲鳴が漏れる。

「ひゃっ……！」

（う、嘘っ）

咲耶が、吉乃を軽々と抱え上げたのだ。

いわゆるお姫様抱っこをされた吉乃は驚き、思わず挙動不審になった。

「あ、あの！　私、自分の足で歩けるので下ろしてください！」

慌てて抗議をしたが、咲耶が応じる気配はない。

まだ彼を信じていいものかどうか悩んでいる最中なのに、こんなことをされたら、余計に冷静な判断ができなくなってしまう。

「いいから大人しく、俺に抱かれていろ」

しかし咲耶は吉乃を抱きかかえたまま案内所を出ると、路地を過ぎた先にある、花街の仲之町通りに降り立った。

仲之町通りは大門から真っすぐに延びた、花街の中央にある目抜き通りだ。

両脇には遊女がいる見世に客を紹介する【引手茶屋】が並んでいて、昼夜を問わず人目がある。

（どうしよう……。すごく、見られてる）

貧相な人の女を、眉目秀麗な軍人が抱きかかえて歩いていたら、注目を浴びて当然だ。

羞恥心から吉乃は必死に下ろしてほしいと懇願したが、咲耶はやっぱり聞き入れてはくれなかった。

「わ、私のせいで、咲耶さんまで好奇の目で見られてしまいます」

「そんなことは、どうでもいい。寧ろ俺は見せつけているんだ。お前は俺のものだと、帝都吉原に住む者たちに知らせている」

「え……？」

その上、返ってきたのは思いもよらない返事だった。

（私を自分のものだと知らせるって、どういうこと？）

咲耶とは、ついさっき初めて会ったばかりなのに。

どうしてそんなことを言われるのか、吉乃にはさっぱりわからなかった。

「あなたは……私を、どうするおつもりなのです？」

「さて、どうしてやろうか。美味しく食べてしまうのもいいかもしれないな」

「た、食べるって……」

と、腕の中で肩を強張らせた吉乃を見た咲耶はそっと顔を綻ばせると、不意に吉乃の耳元に唇を寄せた。

「悪い、冗談だ。吉乃はなにも事情を知らないのだから、戸惑うのも無理はない」

「冗談……？」

「とにもかくにも、もう少しだけ大人しく俺に抱かれていろ。どうせなら邪魔の入らぬところで、ふたりきりで話がしたい。お前を食べるのも、ふたりきりのときの方が良さそうだしな」

「なっ！」

色香をまとった甘く掠れる声に鼓膜を揺らされ、吉乃はさらに身を硬くした。

顔を茹でダコのように赤く染めた吉乃の初心な反応を見た咲耶は、今度は面白そうに口角を上げて笑う。

（も、もしかして、私の反応を見て楽しんでる？）

疑問を抱いても声には出せない。

結局、吉乃は目的地につくまで咲耶の腕に抱かれたまま、借りてきた猫のように大人しくしていることしかできなかった。

「ここは……？」

咲耶が吉乃を下ろしたのは、帝都吉原の外れにある、白い鳥居の前だった。

花街の賑わいが嘘のように静まり返ったその場所は殺風景で、古い鳥居と小さな祠（ほこら）以外は、なにもない。

「この先に俺の屋敷がある。そこで話そう」

「お屋敷が？」

咲耶の言葉に、吉乃は首を傾げてしまった。

（お屋敷があるって……この先には、遊女の逃亡を防ぐための大きな堀、〝お歯黒どぶ〟があるだけのような……）

どう見ても、お屋敷が建つスペースはない。

けれど咲耶は戸惑ってばかりの吉乃の手を引くと、静かに呪文のようなものを唱えながら古い鳥居をくぐった。

「え――」

すると次の瞬間、辺りの景色が一変する。

それまで吉乃が見ていた帝都吉原の風景は消え、目の前に美しい参道（さんどう）が現れた。

「ど、どうして……？」

石畳（いしだたみ）の参道の先には、豪壮（ごうそう）な武家屋敷らしきものが建っている。

屋敷の前には一本の桜の木があり、空に向かって大きく枝を広げていた。

「あれが俺の屋敷だ。この場所は普段は神力で隠されていて、俺の許可なしでは誰も入ってこられないようになっている」

後ろを振り向くと、そこには先ほどくぐった白い鳥居が建っていた。

つまり、鳥居が門の役割をしているということか。

あまりの不思議な体験に驚いた吉乃は、迷子になった子供のように、隣に立つ咲耶を見上げた。

「ここは、帝都吉原ではないのですか？」

「いや、残念ながら帝都吉原だ。正確には、帝都吉原内の空間の歪みに結界を張って作った神聖な場所……といったところか」

「神聖な場所？」

「ああ、だから、ここなら誰に見つかることもなくふたりきりで話ができる。安心しろ」

そう言うと咲耶は、吉乃と繋いでいる手に力を込めた。

そして言葉の通り、本当に吉乃を安心させるように微笑んだあと、繋いだ手を引いて歩き出した。

(でも、安心しろって言われても……)

そうそう、安心などできるはずもない。ここは帝都で、咲耶は人ならざる者なのだ。

(まさか本当に、食べられたりしないよね?)

吉乃は均整のとれた横顔をこっそりと見つめながら、大蜘蛛を斬ったときの咲耶の変貌ぶりを思い出した。

髪は闇色に染まり、瞳は燃えるような紅色になった。

黒く禍々しい靄に包まれた彼は残忍で、躊躇(ちゅうちょ)なく自分と同じ人ならざる者である大蜘蛛を消し去ったのだ。

「あ……」

と、そのとき。思い悩む吉乃の目の前を桜の花びらが横切った。

誘われるように顔を上げた吉乃は視界を埋める満開の桜に驚き、思わず息を呑んで感嘆(かんたん)した。

「すごい、綺麗……」

白く霞がかった空には薄紅色がよく馴染み、まるで生きた水彩画を見ているようだ。

たった今、咲耶について悩んでいたのに、モヤモヤとした思いは心の隅へと消えていく。

同時に、吉乃はなぜだかとても懐かしい気持ちになった。

(どうしてだろう……。初めて来る場所なのに、初めて来た気がしない)

風が吹く度に花びらが舞い落ちる様はとても幻想的で、この世のものとは思えぬほど美しい。

「不思議……。私、この桜の木を、どこかで見たことがあるような気がします」

そう言った吉乃は咲耶の手を離し、ゆっくりと桜の木の下まで歩を進めた。

はらり、はらりと舞う薄紅色はとても綺麗で、まるで吉乃を歓迎してくれているようにも思える。

「ここは、とても心落ち着く場所ですね」

「吉乃がそう思うことこそ、俺とお前が深い縁で結ばれているなによりの証(あかし)だ」

「え……？」

と、低く艶のある声に導かれ、吉乃は静かに振り返った。

そうすれば、咲耶の黒曜石のように綺麗な瞳と目が合って、息を呑む。

(私と咲耶さんが深い縁で結ばれている――？)

「吉乃は、俺にとって特別な存在だ。そう……吉乃は生まれる前から〝俺の花嫁〟になることが決まっていた」

だから吉乃は、この桜の木を見ると懐かしい気持ちになるのだ――。

そう言葉を続けた咲耶は、形の良い目をそっと細めた。

吉乃の長く黒い髪が風に揺れる。

漆黒の瞳は今確かに、吉乃へ一途に向けられていた。

「ずっと、お前を探していた。俺の花嫁」

(はな、よめ?)

トクン、トクンと鳴る鼓動はまるで、舞い落ちる桜の花びらと結ばれているようだ。

吉乃を真っすぐに見つめる咲耶の眼差しには熱がこもっていて、吉乃はなんと答えたら良いのかわからなかった。

「ふっ……まるで意味がわからないという顔をしているな」

「は、はい……。一瞬、空耳かとも思いましたが……」

今の咲耶の様子を見る限りでは、聞き間違えでも空耳でもないらしい。

大蜘蛛といい、咲耶といい、人ならざる者は人を驚かすことが好きなのだろうか。

「も、もしかして、また冗談ですか?」

「冗談などではない。俺は冗談が嫌いだと言っただろう?」

さっきは冗談を言ったくせに。

言いかけた言葉を呑み込んだ吉乃は、今度は思い切って咲耶に尋ねた。

「人ならざる者は、自身の花嫁に成り得る女性がわかる……んですよね？」

「ああ、そうだ。俺の魂が、吉乃を強く求めているのがわかる」

断言した咲耶はやはり、冗談を言っているようには見えなかった。

対する吉乃は複雑な気持ちになって、視線を下に落としてしまった。

（私が、咲耶さんの花嫁だなんて……。そんなわけない。私みたいな女が花嫁に選ばれるなんて、絶対に有り得ない）

俯いた吉乃の脳裏を過ったのは、自身がこれまで歩んできた道だ。

「実は吉乃は、俺がかつてあった地の――」

「私は……咲耶さんの花嫁にはふさわしくない人間です」

「……なんだと？」

「なぜなら私は、現世で〝呪われた一族の娘〟だと言われていたからです」

咲耶の声を遮った吉乃は、ゆっくりと顔を上げた。

言いかけた言葉を止めた咲耶は驚いたように目を見開くと、数秒沈黙した後、吉乃の言葉の真意を尋ねた。

「吉乃が呪われた一族の娘とは、どういうことだ？」

咲耶の問いに、吉乃はそっとまつ毛を伏せる。

吉乃が思い出すのは現世で自分に向けられてきた蔑（さげす）みの目と、心無い言葉たちだ。

「私も、私の両親も……。故郷の村では呪われた一族だと言われて、ずっと疎まれていたんです」

吉乃が生まれ育ったのは、日本の片田舎にある閉鎖的な村だった。

周囲を山々に囲まれたそこは木花村と呼ばれ、川のせせらぎが耳を癒やす、自然豊かな土地でもあった。

「私は五歳の頃に事故で両親を亡くして以降、十七になるまで養父母に育てられました。でも、私と養父母の間には血縁関係はなく、養父母は私が生まれた村で私の両親と一番年齢が近くて実子がいないという理由だけで、育ての親に選ばれたそうです」

吉乃を育てた養父母いわく、選んだのは当時の村長ということだ。

それについて養父母はよく、『貧乏くじを引かされた』と不平不満を述べていた。

「養父母は私に必要最低限の暮らしと教育環境だけは与えてくれましたが、それらはすべて遊女の適齢期——十八になる直前に、私を帝都吉原に売るためだったのです」

当然、養父母に愛された記憶などない。

それどころか吉乃は養父母のみならず、村人たちからも厄介者として扱われていた。

「みんなが私を疎んでいたのは、私が人なのに薄紅色の瞳を持って生まれたからだけではありません。私が、呪われた一族の生き残りだったからなんです」

木花村の、呪われた一族。

しかし村人は誰も、なぜ吉乃たち一族がそう言われるのか、理由を教えてはくれなかった。

「それはもう、私が生まれるずっと前から……。木花村の呪われた一族の、最後のひとりが私です。だからもし、私を花嫁になど迎えたら、咲耶さんにいずれご迷惑がかかるかもしれません」

吉乃の声が自然と沈んだ。

もちろん吉乃は咲耶が本気で自分を花嫁に所望しているとも思えなかったが、もしもの可能性を考えたら言わずにはいられなかった。

「すみません、急にこんな話をしてしまって。でも、ご迷惑になる前に、私は咲耶さんには釣り合わないということをお伝えしたくて」

そこまで言うと吉乃は、再びゆっくりと桜の木を見上げた。

その儚げな横顔と桜の花びらが舞い散る光景に、咲耶は恍惚（こうこつ）として見惚れた。

「それに大蜘蛛の言うことが本当なら、私には珍しい異能の力まで備わっていて……。こんなこと、まるで信じられませんが、私が流す涙には惚れ薬の効果があり、それはとても恐ろしい力だとも言われました」

いよいよ、自分はどこに行っても厄介者なのだと、吉乃は自分の運命を呪った。

吉乃が不遇な日々に挫（くじ）けず、今日まで生きてこられたのは、吉乃を優しく抱きしめながら名前の由来を話してくれた両親の笑顔が、いつも心の中にあったからだ。

（でも、その両親と過ごした現世にも、私は二度と帰れない）

「だから、私は……」

「──吉乃、すまない」

「え……？」

「お前は……お前たち一族は、俺のせいで長い間苦しんでいたのだな」

そのとき、不意に口を開いた咲耶が吉乃の言葉を止めた。

ハッとして振り向いた吉乃は自分を見る咲耶の切なげな表情に気付くと、思わず目を瞬いた。

「俺の身勝手な願いのせいで、お前たちを苦しめることになってしまって、本当にすまない」

咲耶の頬に、桜の花びらが舞い落ちる。

それはまるで、咲耶が流した涙のようにも見えて──、

（どうして、咲耶さんが謝るの？）

吉乃の心は、身を切るような切なさに覆われた。

「俺とお前を結ぶ縁は、数百年の時を経るうちに、歪んでしまったのかもしれない」

「私と咲耶さんを結ぶ縁が歪んでしまった？　どういうことですか？」

「今の俺も、この地に縛り付けられた〝呪われた身〟だ。だから、ここから離れることは許されない宿命を負っている……というのは、問いの答えになっていないな」

そこまで言った咲耶は曖昧な笑みを浮かべた。

対して、意味を理解できずにいる吉乃は首を傾げるばかりだ。

「それでも、これだけはわかっていてほしい。俺は、お前に巡り会える日を願い続けてきた。だから俺はもう二度と、お前を離したくはない――いや、絶対に離さない」

「え……」

情熱的な言葉に、吉乃の胸の鼓動が大きく跳ねた。

「それと吉乃は今、自分に備わっている力はとても恐ろしいものだと言ったな。大蜘蛛に、そう言われたからだと」

「……はい」

「大丈夫だ。吉乃の異能は……涙は、決して恐ろしいものなどではない。吉乃は不遇な扱いを受け続けてもなお、その魂を穢すことはなかった。美しい魂を持つ者が流す涙は、当然美しいに決まっている。だから吉乃は、なにも心配しなくていい」

穏やかだが力強い声。その言葉を聞いた吉乃の胸には熱いものが込み上げた。

（私は、どこにいても厄介者なのだと思ったけれど……）

咲耶は、そんな吉乃を美しいと言ってくれた。

咲耶だけが、吉乃を認めてくれたのだ。

（ああ、なんだか変だ）

両親を亡くして以来、人前では泣いたことはなかったのに。

咲耶の言葉を聞いて、吉乃は今日まで張り詰め続けてきた糸が緩むのを感じた。

「す、すみません。なんだか急に気が緩んで……」

吉乃は慌てて頬に手をあて、涙を堪えた。

「謝る必要はない。涙には、心を洗う力があると聞く。だから、これからは我慢せずに泣きたいときに泣くといい。ひとりでは心細くて泣けないというのなら、俺がそばにいてやろう」

そう言った咲耶は、穏やかな笑みを浮かべながら吉乃をそっと抱き寄せた。

次の瞬間、強く風が吹いて木がざわめき、桜の花びらの群生が宙を舞った。

「俺が吉乃を迷惑に思うことなど、絶対に有り得ないから大丈夫だ」

吉乃を抱きしめる腕は慈愛に満ちていて、吉乃はここへ来て初めての安心感を覚えた。

（どうしてこんなに、咲耶さんの言葉は胸に響くんだろう）

なにより、桜を見たときと同じように懐かしい気持ちになる。

「お前は、俺の花嫁だ。俺は遊女となる吉乃を、命を賭して護ると誓う」

「咲耶さんが、遊女の私を護る？」

「ああ。帝都吉原にお前がいる限りは、俺は近くにいられるからな。吉乃がここにいる間、俺はお前をどんな危険からも護ると誓おう」

その言葉に、今度こそ嘘偽りはないように思えた。

思わずゴクリと喉を鳴らした吉乃は胸の前で握りしめた手に力を込めて、咲耶の真っすぐな視線を受け止めた。

「いいか、吉乃。ここ、帝都吉原では異能持ちの女は他の遊女たちよりも、多くの人ならざる者たちを惹きつけてしまう。お前が危険な目に遭うことは避けられないだろう。だが、大門をくぐった以上、ここから逃げ出すことも叶わない」

遊女はまるで、籠の中の鳥だ。

羽根を切られて飛ぶことを許されず、自由と尊厳を奪われ、この地に縛り付けられた、悲運の鳥。

その中でも吉乃は特に、色眼鏡で見られるということだろう。

現世でも常に好奇の目にさらされてきたが、ここでも同じような扱いを受ける可能性があるということに吉乃は不安を覚えずにはいられなかった。

「わ、私は、これからどうすればいいんでしょうか？」

吉乃は藁（わら）にも縋る思いで咲耶に尋ねた。

だが、そもそも考えてみれば吉乃はまだ、遊女として奉公先も決まっていない状態なのだ。

大蜘蛛との一件もしかり、特別な異能を持った女を迎え入れてくれる見世などあるのだろうか。

このまま本当に遊女として働いていけるのかと考えたら、吉乃はまた不安でたまらなくなった。

「大丈夫だ。今後についても、俺に考えがある。とりあえず――これをお前に渡しておこう。〝御守り〟だ」

と、不意に吉乃の手を取った咲耶は、開かれた手のひらの上になにかを置いた。

「これは……とんぼ玉？」

渡されたのは、咲耶の銀色に薄紅色が交じった髪色と同じ色合いの、とんぼ玉だった。

理解が追いつかない吉乃は、とんぼ玉と咲耶の顔を交互に見て首を捻った。

「これを肌身離さず持っておけ。もしものときに、きっと役に立つだろう」

咲耶はそのとんぼ玉を吉乃に握らせると、とても綺麗に微笑んだ。

再び強く風が吹いて、桜の花びらが宙を舞う。

光に透けた咲耶の髪色と同じ薄紅が、辺りを優しく染め上げた。

まるで、桜の海の中を泳いでいるような。

（こんなに綺麗なものを見るのは、生まれて初めて）

トクン、トクンと吉乃の胸の鼓動が速くなる。

真っすぐに自分を見つめる眼差しは清廉で、とても力強かった。

「あ、あの……」

なにを言ったらいいのかわからず、吉乃は口ごもった。

『ありがとうございます』と伝えた方がいいのだろうか。

戸惑う吉乃を見て柔らかに目を細めた咲耶は、再び静かに口を開いた。

「そのとんぼ玉さえ持っていれば、吉乃はひとりでも鳥居をくぐってこの場所に来られる。吉乃だけは、いつでも俺の屋敷を訪ねてくれていいからな」

「そ、それはどういう――」

「……時間切れだ。名残惜しいが、そろそろ行くか。事情聴取はこのあたりで終わりにしよう」

「え……ひゃっ!?」

次の瞬間、咲耶はまた吉乃を抱え上げた。

手の中のとんぼ玉を落としそうになった吉乃は、慌ててそれを胸元へと引き寄せた。

右往左往する吉乃を見た咲耶は口角を上げて笑うと、「行くぞ」と告げてから、またなにかの呪文を唱えはじめる。

（わ……）

直後、吉乃と咲耶の身体が、薄紅色の光に包まれた。

思わず目を閉じた吉乃が次に目を開いたときには――見覚えのある建物の前にいた。

「ここは……」

咲耶が吉乃を下ろしたのは、大門の近くに位置する、とある見世の前だった。

見世の見た目は趣のある日本家屋の巨大なお屋敷だが、入口には赤い提灯がふたつぶら下がっている。

「ここは帝都吉原一の大見世、紅天楼だ」

「紅天楼……？」

大見世は、帝都吉原内で最も格式高い遊女屋のことをいう。

その中でも紅天楼は特に歴史ある大見世で、浮世事に疎い吉乃でも耳にしたことがあった。

「悪いが、琥珀を呼んでくれるか」

見世の暖簾をくぐった咲耶はまず、そこにいた小間使いに声をかけた。

咲耶の顔を見た小間使いは顔色を青くして返事をしたあと、一目散に見世の奥へと駆けていった。

「さ、咲耶様!?　今日は一体、どうされたのです!?」

するとすぐに見世の奥から、青みがかった黒髪が美しい和服姿の青年が出てきた。

咲耶ほどではないが整った顔立ちをしている。

目尻が優しそうに下がった青年の見た目は吉乃と同じ十七、八に見えるが、頭には黒猫の耳が、腰からは二本の尻尾が生えていた。

「もう話は耳にしているかもしれないが、大蜘蛛に狙われた遊女を連れてきた。名を、吉乃という」

そう言うと咲耶は、後ろに控えていた吉乃に目配せをする。

「吉乃は異能持ちだ。帝都吉原で遊女をしていくには神威の厳しい管理が必要になるため、紅天楼の所属とするのが適切であると、この俺が判断した」

咲耶から説明を受けた青年はピンと耳を立て、やや驚いた様子で吉乃をまじまじと見つめた。

「咲耶様のご判断であれば、もちろんうちでお引き受けいたしますが……。本当にうちに任せていただいて、よろしいのですか?」

「ああ。紅天楼以上に適切な見世はない。吉乃のことをよろしく頼む。彼女は俺の〝特別〟だからな」

——特別。

また甘言じみたことを口にした咲耶を前に、吉乃は複雑な気持ちになった。

対して咲耶の言葉を聞き届けた琥珀は、猫なのに狐につままれたような顔をしている。

そうして踵を返した咲耶は改めて、まだ事態を飲み込めずにいる吉乃と対峙した。

「俺はこのあと、今回の件の事後処理のために軍に戻らなければならない。あとのことはそこにいる紅天楼の楼主、琥珀から説明を受けるといい」

「紅天楼の楼主……？」

吉乃が恐る恐る目を向けると、猫耳の青年──琥珀は、ニッコリと笑って頭を下げた。

「改めまして。たった今、ご紹介に与りました紅天楼の楼主を務めている、琥珀と申します。どうぞよろしくお願いいたします」

楼主とはつまり、妓楼──見世の主人のことだ。

この物腰柔らかな青年が、帝都吉原一の大見世の楼主？

現世ならあまり聞かない話に、吉乃はまた驚きを隠せなかった。

「琥珀は見ての通り猫又の妖だ。一見温厚そうに見えるが、怒らせると中々に厄介だぞ」

と、吉乃の戸惑いを察した咲耶が面白そうに嘯いた。

「咲耶様、あまりからかわないでください！　咲耶様が言うと冗談に聞こえないから、いけません！」

対する琥珀は顔を真っ赤にしながら慌てて反論した。

シュンと折れた耳と尻尾が、なんだかとても可愛らしい。

(大見世の楼主様に対してこんなことを思うのは失礼かもしれないけれど、なんだか琥珀さんのことは怖くはないかも)

一応猫又の妖らしいが、大蜘蛛を前にしたときに感じた不気味さは微塵もない。

「吉乃。見ての通り琥珀は悪い奴ではないし、ここ帝都吉原内では数少ない信頼の置ける者のうちのひとりだ」

と、吉乃の頭にポンと手を置いた咲耶は、口元を優しく綻ばせた。

(もしかして、今、琥珀さんをからかったのは、私を安心させるために……？)

なんて、都合のいい解釈だ。

けれど吉乃が勘ぐっているうちに、

「では、俺はこれで失礼する。琥珀、くれぐれも吉乃のことを頼んだぞ」

咲耶は優雅に踵を返して、見世を出ていってしまった。

(結局……咲耶さんは、悪い人ではなかったのかな？)

大蜘蛛を一瞬で消し去ったときには驚いたし、信用していいのか迷ってしまった。

しかし、桜の木の下で話しているうちに、どうしてか咲耶を疑う心が消えていた。

(私を花嫁だと言ったのは、本気だったのかな――?)

いやまさか、そんなはずはない。

やっぱりからかわれたのだと考えながら、吉乃は手の中のとんぼ玉を見つめた。

「あの咲耶様が笑うなんて……なんだかとても、貴重なものを見てしまいました」

と、不意に口を開いたのは琥珀だ。

「咲耶様自ら遊女を見世に連れてくるというのも異例ですし、吉乃さんは本当に、咲耶様にとって特別な方なのですね」

思いもよらない言葉に驚いて振り返れば、琥珀が人懐っこい笑顔を浮かべて吉乃を見ていた。

「あ、あの、噂とは……」

「咲耶様は、吉乃さんを大変気に入っているという話です。あの咲耶様が女性を抱えて歩いていた……なんてことになれば、皆さんが噂をするのも当然ですが」

ゆらゆらと尻尾を揺らす琥珀は、なぜかとても楽しそうだ。

仲之町通りを咲耶に抱えられて通ったことを思い出した吉乃は、今さら恥ずかしさで肩をすくめた。

「それに、僕にも堂々と、吉乃さんは自分の特別だと仰いました。おふたりにどのようなご事情があるのかは存じませんが、咲耶様の言葉に嘘はないように感じました」

　琥珀はきっと、親切心で言ってくれているのだろう。

　でも、どのような事情があると言われても、その事情を知りたいのは自分の方だと、吉乃は琥珀に問いたくなった。

「咲耶様も仰っておりましたが、これからなにか気になることがあれば、いつでも僕に聞いてください。吉乃さんはたった今からうちで預かることが決まりましたし、楼主として答えられることには、すべてお答えしますので」

　黒い猫耳をピンと立てた琥珀が言う。

　聞きたいことは山ほどあるが、本当に尋ねていいのか吉乃は迷いながら手を挙げた。

「あ、あの……。では早速、よろしいでしょうか」

「はい、なんでしょう」

「私は本当にここに置いていただいてもいいのですか？　まさか私が、帝都吉原一の大見世・紅天楼の遊女になるだなんて想像もしていなかったものですから」

　言い終えて、吉乃はつい足元に視線を落とした。

　吉乃はまさか自分が紅天楼の遊女になるとは思ってもみなかったのだ。

「遊女の案内所には、私より綺麗で器量良しの子たちがたくさんいましたし」

「ふむ。では、その方たちは皆、他の大見世行きが決まりましたか？」

「い、いえ。私の前に、大変綺麗な子がいたのですが、その子は大蜘蛛に小見世行きを言い渡されていました」

あのとき吉乃は、とても不思議に思ったのだ。

けれど考えても答えが見つからず、自分の身体検査の順番がまわってきてしまった。

「私よりも余程、あの子の方が紅天楼に相応しいのでは……」

「なるほど。でも、これまで大蜘蛛の采配が間違っていたことはありません。その方はきっと、〝魂〟に問題があったのでしょうね」

「魂に問題が？」

「はい。吉乃さんも既にご存じかとは思いますが、ここ、帝都吉原は僕たち人ならざる者が、花嫁探しに訪れる場所なのです」

それはもちろん吉乃だけでなく、帝都吉原に売られてきた女ならば、誰もが承知していることだ。

「花嫁を探しに来る人ならざる者は、より強い力や権力を求める、野心に満ちた者たちなのです。彼らはここで、遊女たちと話をしたり夜を共にしたりして、魂の味見をすることで、自分と遊女の波長が合うかどうかを確認します」

魂の味見――。それは、〝口付け〟で行われることが多いと聞く。

自分が人ならざる者と唇を重ねることを想像した吉乃の顔は、あからさまに曇った。

「つまりですね。ここでは容姿が優れていることよりも、魂が美しいことの方が重要視されるわけです」

「魂が美しい？」

「ええ。美しく、清らかな魂を持つ女性を伴侶に迎えるほど、人ならざる者の力を高める。だから魂が穢れていたり、弱っている場合は価値がないと判断されてしまうのです。酷な話ではありますが、そうして最初に選り分けることで、花嫁探しをしやすくしているのですよ」

そう言った琥珀は、眉を八の字に下げて笑った。

「では……小見世や切見世行きになった遊女は、花嫁に選ばれる可能性はないということですか？」

「そうですね。難しいかと思われます。そもそも下級遊女屋に訪れる人ならざる者は富を持たない者が多いので、彼らはどちらかというと花嫁探しよりも、〝己の欲求を満たすために人の女の魂を食べに来ている〟と言った方がいいかもしれません」

吉乃は思わずゾッと背筋を凍らせた。

人の女は魂を喰われ続けることで、身が滅んでしまうのだ。

つまり、継続して魂を食べられるほど、寿命が縮む。

吉乃はまさか所属する見世の差で、ここまで遊女の運命が変わってくるとは知らなかった。

「もちろん、下級遊女屋の遊女を花嫁として身請けする者もいるので、一概にこうとは言えないのですが」

曖昧な笑みを見せた琥珀は、またゆらゆらと尻尾を揺らした。

吉乃は自分から質問をしておいて、なんと返事をしたらいいのかわからなくなった。

「でも、吉乃さんはどちらにせよ、大見世の所属になっていたと思いますよ」

「え……」

「もしかしたら咲耶様からもお話があったかもしれませんが、異能持ちの遊女ともなれば、高貴なご身分であられる人ならざる者は、こぞって興味を示すはずですから。彼らは強大な力を得るため、花嫁探しに必死です。手にある富を最大限に使って、あなたの元へと通い詰めることでしょう」

そう言った琥珀は、ニヤリと笑って着物の袖に手を入れた。

「実に、有り難いことです。皆さま、花嫁を手に入れるためなら惜しむことなく、見世に大金を落としていってくれるのですから」

「こ、琥珀さん？」

「え？　あ、ああ、すみません。つい、悪い癖で……」

「悪い癖？」

「お金のことになると、ちょっと裏の顔が出てしまうんです。ほら、お金はないと困りますけど、あって困ることはありませんからね」

琥珀は爽やかに笑って言ったが、瞳には〝銭(ぜに)〟の字が浮かんでいた。

(琥珀さんの楼主らしい一面を見てしまったかもしれない……)

「まぁ、兎にも角にも、咲耶様のご判断なら疑う余地はありません」

「あ、あの……。その、咲耶さんは一体何者なんでしょうか？　私、大蜘蛛に襲われそうになったところを助けていただいたんですが、結局、咲耶さんのことはよくわからず仕舞いで」

咲耶がどうして親切にしてくれたのかもわからないままだ。

けれど恐る恐る尋ねた吉乃に対して、琥珀はまた猫なのに鳩が豆鉄砲を食ったような顔をした。

「なんと。吉乃さんは咲耶様の素性をご存じないのですか？」

「す、すみません」

「ううむ、そうでしたか。でも、帝都吉原で遊女として働くなら、咲耶様のことはよく知っておくべきではありますね」

そうして琥珀は仕切り直すように、コホンと小さく咳払いをした。

「咲耶様は、帝都吉原の秩序を守られているお方で、その実は帝都でも指折りの強大な力を持つ、誉れ高い神様であられます」

「神、様？」

「ええ。とても特別なお方なのです」

「特別な……」

「咲耶様は帝都政府軍・神威を率いる将官の地位に立つお方ですから。咲耶様のおかげで、帝都と帝都吉原の安寧秩序は守られていると言っても過言ではありません」

琥珀は誇らしげに、きりりと目を光らせたが、吉乃は驚きのあまり返事をすることができなかった。

（咲耶さんが、あの神威の将官――？）

信じられないが、そうだと言われたら納得してしまう。

案内所で大蜘蛛と見張り役たちを捕縛したとき、咲耶は確かに神威の名を口にした。

（でも、神威って……）

〝神威〟は違法に現世に赴き、人間狩りや悪行を働こうとする妖や邪神の捕縛や殲滅が主な仕事で、違法に帝都に侵入した人の捕縛も任されている精鋭部隊だ。

加えて帝都吉原の管理も、神威に一任されていると聞く。

任務を遂行するためならどんな汚い手も使い、悪人に一切の情けをかけないことから、現世でも『神威にだけは関わるべからず』という教えがあるほどだった。

（じゃあ、もしかして黒い靄をまとった姿が、神威の将官である彼の本性？）

大蜘蛛を叩き斬ったときの咲耶は、思わず目を逸らしてしまいたくなるような、禍々しい空気を身にまとっていた。

しかし半面、桜の木の下で微笑む咲耶や、吉乃を抱いて歩く彼は終始穏やかで、優しかったのも事実だ。

（どちらが本当の咲耶さんなんだろう……）

わからない。

自身を呪われた身だと苦しげに言った彼も、吉乃を自分の花嫁だと言った彼も、なにひとつ真意を掴ませてはくれなかった。

ぼんやりと咲耶のことを考えていた吉乃の顔を、琥珀が心配そうに覗き込んだ。

「吉乃さん？　大丈夫ですか？」

「兎にも角にも、ここでいつまでも立ち話をしているのもなんですし、中に入りましょう。これからのことを、より丁寧にご説明させていただきます」

そうして吉乃は琥珀に促されるまま、紅天楼の中に足を踏み入れた。

手の中のとんぼ玉は相変わらず、咲耶の髪色と同じ薄紅色の光をまとっていた。

大見世・紅天楼

「では、まずはここでの生活と、これからのことについてお話をしましょうか」

帝都吉原一の大見世・紅天楼は木造四階建てで、長い歴史を感じさせる重厚な造りをしていた。

建物内も外観に違わず純和風の趣がある。

歩くと僅かに床鳴りがする廊下は懐かしさを感じさせるが、どこもかしこも掃除が行き届いており埃ひとつ落ちていなかった。

「まず、基本的なところですが、吉乃さんはこれからうちで、遊女になるための基本を学んでいただきます」

「遊女になるための基本、ですか」

「はい。ちなみに営業時間についてですが、うちは昼見世はやっていないので、夜見世のみの対応になると覚えていてくださいね」

楼主の琥珀が吉乃を案内した部屋は、建物内の一階にある八畳の和室だ。

「昼間に営業している見世もあるんですか？」

「ええ、ありますよ。中見世と小見世、切見世のほとんどは夜見世だけでなく昼見世もやっております」

吉乃は養父母から、帝都吉原についてのことを、それなりに聞かされてきたはずだった。

けれど遊女の見世への配属理由といい、現世で教えられたことなど大して参考にならないのだと改めて痛感する。

「遊女の年季は十八から二十八の誕生日を迎えるまでの十年間です。吉乃さんは三カ月後に十八歳になられるということなので、その間に、見世に出るために必要な知識や芸事を一通り学んでいただきます」

ドキリと吉乃の胸の鼓動が跳ねた。

見世に出るということはつまり、遊女として客をとるということだ。

「まぁ何事も百聞は一見にしかずと言いますし、遊女としての振る舞いや仕事内容は、うちに所属している遊女の皆さんを見て実際に学ぶことが一番身になるかと思います」

と、そこまで言うと琥珀は、不意に着物の袖から紐のついた小さな鈴を取り出した。

「絹、木綿、ここへおいで」

そして、それをチリンチリンと揺らして鳴らす。

するとと次の瞬間、ドロン！という効果音と白い煙と共に、猫の耳と尻尾が生えた小さな童たちが現れた。

「琥珀しゃま、お呼びでございますか！」

突然のことに吉乃は驚き、後ろにひっくり返りそうになった。

「こ、この子たちも、人ならざる者ですか？」

「はい。このふたりは、絹と木綿といいます。紅天楼で色々な雑務をこなしてくれる、双子の子猫の妖たちです」

琥珀に紹介されたふたりは大きな目をキラキラと輝かせながら、改めて吉乃に向き直った。

「はじめまして！　ワチキが絹で」

「オイラが木綿です！」

「「どうぞよろしくお願いします！」」

見事に息もピッタリだ。

葡萄（ぶどう）色と翡翠（ひすい）色で色違いの矢絣（やがすり）柄の着物に身を包んだふたりは、見た目は五歳くらいに見えた。

「あ、あの。私は吉乃と申します。今日からここでお世話になります。どうぞよろしくお願いします」

慌てて姿勢を正した吉乃も三つ指をつき、ふたりにペコリと頭を下げた。

ニコニコと笑っている絹と木綿は、どこからどう見ても可愛くて愛らしい子供だが、やっぱり琥珀と同様、頭には三毛柄の猫耳が、腰には尻尾が生えている。

「絹、木綿。早速だけど、ふたりにお願いがあるんだ。これから彼女を、鈴音さんのところに連れていってくれるかな」

けれど、琥珀の言葉を聞いた途端に、ふたりの表情が曇った。

「その……今、鈴音しゃまは……」

「ちょっと……というか、だいぶ虫の居所が悪いと言いますか、その……」

ふたりは歯切れ悪く答えたあと、互いに顔を見合わせて視線を下に落としてしまう。

琥珀はなにかを察したのか、「なるほど」と呟いてから曖昧な笑みを浮かべた。

「あの、鈴音さんって？」

不思議に思った吉乃は琥珀を見て小首を傾げる。

「鈴音さんは紅天楼のお職……つまり、ここの遊女の頂点に立つ花魁を務めている女性です」

琥珀の返事に、吉乃は思わず目を見開いた。

当然吉乃も、花魁がどういう存在であるかくらいは知っている。

花魁とは、見世の頂点に立つ高級遊女のことで、まさに高嶺の花と言える存在だ。

帝都吉原では花魁を花嫁として身請けする場合、莫大な金銭を支払う必要があると聞く。

（そう言えば案内所で見張り役が、〝鈴音花魁〟という名前を口にしていたような……）

「鈴音さんは、名実共に帝都吉原一の遊女です。だから吉乃さんには是非、鈴音さんの元で多くを学んでいただきたいと思ったのですが——」

と、そのとき、突然パーン！と勢い良く部屋の襖が開いて、琥珀の言葉を遮った。

四人は同時にビクリと大きく肩を揺らして振り返る。

現れたのは、まるで天女のように見目麗しい女性だった。

着ている着物はほんの少しはだけており、それが驚くほど色っぽい。

「琥珀さん。咲耶様がいらしたというのに、どうして私を呼んでくれなかったの!?」

天女は声を荒らげても美しいものだ。

出るべきところはしっかり出ている細身の身体に、雪のように白い肌。

艶のある黒髪は腰の辺りまで長く伸び、絹糸のように繊細で、光って見えた。

「咲耶様がいらしたときは私に声をかけてほしいと、口を酸っぱくして伝えていたではないですか！」

しかし、奥ゆかしさのある見た目に反して、天女の大きな目は怒りでギラギラと燃えていた。

「すみません、鈴音さん。咲耶様もすぐに仕事に戻らなければならないということでしたので、引き留められなかったのです」

——鈴音、と呼ばれた女性はその名の通り、声も透明感があって美しい。

けれど天女改め鈴音は琥珀の弁明を聞いたあと、なぜか吉乃をじろりと睨んだ。

（え……）

吉乃はなぜ今、自分が睨まれるのかわからなかった。

なにか気に障るようなことをしただろうかと考えたが、思い当たる節はない。

「吉乃さん、彼女が今お話しした鈴音さんです。重ねての紹介となりますが、鈴音さんは紅天楼のお職・花魁を務めております」

対して、琥珀は極めて冷静に話を続ける。

説明を受けた吉乃は慌てて姿勢を正して鈴音に向き直った。

この絶世の美女が紅天楼の遊女の頂点に立つ花魁なのだ。

（私と同じ人とは思えないくらい、すごく綺麗な人……）

あまりに人離れした美しさなので、うっかりすると鈴音も人ならざる者だと言われても違和感はない。

「そして鈴音さん、こちらは今日からうちで預かることになった吉乃さんです」

「吉乃です。どうぞよろしくお願いします！」

琥珀に紹介された吉乃は深々と頭を下げた。

かった。

しかし鈴音の目は相変わらず冷たくて、とても吉乃を歓迎しているようには見えな

「それで鈴音さん、実は折り入ってお願いがあるんですが」

しかし、この機を逃すまいと琥珀は本題を切り出す。

「鈴音さんに、こちらにいる吉乃さんの面倒を見てほしいのです」

琥珀のお願いに、吉乃は心の中で、思わず「えっ」と声を上げた。

まさか鈴音に自分の面倒を見てもらうだなんて、予想外もいいところ。

「あ、あの、私は……」

「嫌よ。既に妹分を抱えている私が、どうしてこの子の面倒まで見なくてはいけないの？」

と、再び口を開いた鈴音は、琥珀のお願いを一蹴した。

「私の他に、まだ妹分を持っていない子がいるでしょう。その子に任せればいいじゃない」

「ごもっともなのですが、そこをなんとか。吉乃さんは三カ月後には十八になります。それまでに一通りのことを学ぶためにも、鈴音さんのお力が必要なのです」

琥珀は、「これは鈴音さんにしかできないことですから」と言葉を続けた。

しかし鈴音はそっぽを向いて腕を組み、鼻を鳴らす。

「ふん。聞いたわよ。この子、早速大騒ぎを起こしたらしいじゃない」

「いいえ、それは吉乃さんが悪いわけではなく、案内人だった大蜘蛛に問題がありまして」

「問題ねぇ。で、危ないところを咲耶様に助けられたってわけ？　その上、なんだか便利な異能を持っているとかで。まさか咲耶様に早速、惚れ涙だかなんだかを飲ませたりしていないでしょうね？」

そう言うと鈴音は腕を組んだまま、ズイッと吉乃の顔を覗き込んだ。

（美人は怒っていても美人だなぁ）

なんて、吉乃はまた呑気なことを考えてしまった。

「ちょっと。私の話を聞いているの？」

「あ……す、すみません。つい見惚れてしまって」

吉乃の返答を聞いた鈴音は、また「ふん！」と鼻を鳴らして顎を上げる。

「聞き飽きた言葉だわ。それで、惚れ涙ってやつを咲耶様に使ったの？　どうなの？」

改めて聞き直され、吉乃は慌てて首を左右に振った。

「いいえ、使っておりません。というか、そもそも私自身も自分の涙にそんな力があるかどうか半信半疑でいるところで……」

言いながら吉乃は伸ばしたばかりの背中を丸めた。

吉乃の返事を聞いた鈴音は、ぴくりと片眉を持ち上げて、真意を探るような目でまじまじと吉乃を見やった。

「あなた、まさか自分が異能持ちだと知らずにここへ来たの？」

「はい……。でも、すごいですね。ついさっき起きたことなのに、もうこんなにも皆さんに話が知れ渡っているなんて驚きました」

「ふん。そんなの、ここでは常識よ。帝都吉原ではね、私たち遊女は常に監視されているのだから」

そこまで言うと鈴音は、そばの障子を顎(あご)で指した。

「現世でも、『壁に耳あり障子に目あり』という諺(ことわざ)があるでしょう？　ここ、帝都吉原では本当に、壁に耳があって障子に目があるの。だから遊女に自由な時間なんてないと思っていた方がいいわ」

吉乃がそばの障子を見ると、ギョロっとした目が、『見つかった！』というように驚いたあと引っ込んだ。

「い、今のって……」

「壁の耳と障子の目は帝都吉原では合法よ。だから格式高いこの見世にも、今みたいな監視の耳と目は常にある。覚えておくことね」

また新たな事実の発覚だ。

吉乃は頭の中で広げた覚書に、急いで新情報を書き足した。

「壁の耳と障子の目のような低級妖は盗み聞きや盗み見が好きで、あちこちで見たり聞いたりしたことを言いふらすのよ。だからあなたも紅天楼の遊女になったのなら、これからは自分の身の振り方にもよく気をつけるべきね」

鈴音から注意を受けた吉乃は、さらに背中を丸めてしまう。

やっぱり自分には紅天楼の遊女という肩書きは重すぎる。

挙句の果てには花魁である鈴音の世話になるなど烏滸がましいし、ここにいること自体、身の丈に合わないと感じてしまった。

「ちなみにね。今は咲耶様が人の女を抱えて、花街の目抜き通りである仲之町通りを人目もはばからずに歩いていたという話が大きく触れまわられているわ」

「なぜ、そのお話が、そんなに話題になるのですか？」

「ふんっ。本当に、まだなにもわかっていないのね。咲耶様は、人ならざる者の中でも神威の将官を務めるほどの特別な存在。帝都吉原一の大見世の花魁の私でさえ、咲耶様には簡単には近づけない。それくらい、雲の上のお方だってことなのよ」

そう言うと鈴音は、悔しそうに爪を噛む仕草を見せ、吉乃から目を逸らした。

「その咲耶様が白昼堂々と、人の女を抱きかかえて歩くなんて前代未聞よ。でも、だからこそ、あなたは咲耶様にとって特別な存在なのだと、帝都吉原に関わる者たちに必然的に認識されたというわけよ」

驚いた吉乃は、今日の出来事を思い出す。

——吉乃を抱えて花街の大通りを堂々と歩いた咲耶。

あのとき吉乃は、眉目秀麗な軍人に貧相な人の女が抱きかかえられていれば注目を浴びて当然だと思ったが、実際はその軍人が咲耶であるということが、なにより周囲の目を引く理由だったのだ。

「咲耶様にとって特別な存在となれば、余程の愚か者か、命知らずでなければ、簡単には手を出せなくなりますからね」

琥珀の補足を受けた吉乃は、改めて今日、咲耶から言われた言葉を思い返した。

『寧ろ俺は、見せつけているんだ。お前は俺のものだと、帝都吉原に住む者たちに知らせている』

(そうか。あれは、そういう意味だったんだ)

吉乃は惚れ涙の力のせいで、これから大蜘蛛のような奴らに狙われる可能性がある。けれど、畏(おそ)れの象徴でもある神威の将官を務める咲耶が懇意(こんい)にしている相手ともなれば、賊も不用意に手を出せなくなるというわけだ。

(咲耶さんは神威の将官として私を守るために、わざわざ私を抱えたまま大通りを歩いてくれたんだ)

すべては、珍しい異能持ちの遊女を賊の手に渡さないように管理するため。

(じゃあ咲耶さんが遊女の私を護ると言ったのも、仕事の一環という意味で……？)

「一部では、咲耶様があんたを花嫁に娶るのではないかなんていう話まで出てきているけれどね……」

と、ぼんやりと考え込んでいた吉乃を鈴音の声が現実に引き戻した。

鈴音は一歩前に出ると、我に返ったばかりの吉乃の髪を一束掴んで、綺麗な顔を近づけた。

「一体どんな手を使ったか知らないけれど、咲耶様を落とそうと思っても無駄。不毛だわ」

「不毛……？」

「咲耶様はね、この私、帝都吉原一の花魁・鈴音が今一番狙っているお方なの。残念ながら、あなたみたいな小娘を相手にするはずがないわ。珍しい異能持ちだからって構ってもらえると思ったら大間違いよ。冗談はその瞳の色だけにしなさいね」

言葉と同時に掴まれていた髪が離される。

パサリと髪が落ちたと同時に、吉乃は自身の身体から力が抜けるのを感じた。

脱力してしまった理由は、他者と違う瞳の色を指摘されたからだろうか。

それとも咲耶が吉乃に構うのは、すべて神威の将官としての任務を全うするためだと気付かされたせい？

（ううん、まさか。そんなことで私が落胆する理由なんてないし……）

手の中のとんぼ玉を見つめた吉乃は、長いまつ毛を静かに伏せた。

脳裏を過ったのは、『俺は命を賭して、遊女となるお前を護る』と言った咲耶の清廉な声だった。

「ねぇ、私の話を聞いているの？」

「あ……はい。ご忠告、ありがとうございます。鈴音さんが仰る通りだと思います」

「わかっているならいいのよ。帝都吉原は、女が客に夢を見させる場所。相手に夢を見させられてのぼせ上がったら、いつか己の身を滅ぼすことになるからね。くれぐれも覚えておきなさい」

芯のある強い口調で告げられ、吉乃は膝の上で握りしめた拳に力を込めた。

「いやはや、さすが鈴音さんです。やはり鈴音さんに吉乃さんの世話を頼んだのは正解でした」

と、話が一段落したところで、すかさず口を挟んだのは琥珀だった。

けれど鈴音は調子の良い琥珀をジロリと睨むと、またフイッとそっぽを向いてしまう。

「その話、たった今断ったでしょう？　悪いけど私は、こんな世間知らずの世話をするなんて絶対にごめんよ」

鈴音の言う通り、吉乃は世間知らずには違いない。

それというのも吉乃は現世にいたころ養父母に、行動を極端に制限されていた。

だから、流行り廃りに関しても非常に疎く、友達と呼べる存在もいなかった。

帝都吉原に関する知識も、知っているのは養父母から聞かされたことだけだ。

（こんなことになるなら、嫌な顔をされても、村の長老から帝都吉原に関することを学んでおけばよかった）

まさか、ここまで自分がなにも知らないとは、吉乃も知らなかったのだ。

鈴音に邪険にされるのも仕方がない。

花魁ともなれば忙しくて、新入り遊女の世話をする時間がないのも当然。

さすがの琥珀もここまで拒絶されると取り付く島もないようだった。

「そういうわけだから、私はこれで失礼するわ」

艶のある黒髪を靡かせ、くるりと鈴音が踵を返した。

「これ、鈴音。あんた、花魁ともある女がくだらない駄々をこねるんじゃあないよ」

「え――」

そのときだ。開いたままだった襖の向こうから独特なしゃがれ声が聞こえて、鈴音の足が止まった。

ハッとして吉乃が目を向ければ、そこには腰の曲がった老婆がひとり、立っていた。

老婆は吉乃を見てニヤリと笑うと、静かに部屋の中に入ってくる。

「あんたが例の、異能の娘かい。なるほど、確かに人にしては珍しい瞳の色をしているね」

そう言うと老婆は吉乃の顔をまじまじと見つめた。

吉乃はなんと答えたら良いのかわからず、つい口ごもってしまった。

「吉乃さん。こちらは紅天楼で遣手(やりて)――つまり遊女たちの監督的役割を務めている、女郎蜘蛛(じょろうぐも)の妖・浮雲(うきぐも)さんです」

「遣手？　女郎蜘蛛って……」

吉乃が蜘蛛という言葉にドキリとしたのは、自分を襲った大蜘蛛を思い出してしまったからだ。

「ああ、そうか。あんたは案内所の大蜘蛛に襲われかけたんだってね。帝都吉原に来て早々、災難だったねぇ」

「は、はぁ……」

「ここでは私のことは、クモ婆と呼びな」

「クモ婆？」

「ああ、遊女たちはみんなそう呼んでいるからね。しかし……ふぅむ。惚れ涙なんて、遊女としては最高の武器じゃないか。あんた、色々とツイてるねぇ」

再びニヤリと笑ったクモ婆の前歯は、一本が金色に光っていた。

(同じ蜘蛛でも、クモ婆は大蜘蛛と違って悪い人ではないのかも?)

「それで、あんたの名前は?」

「あ……はい。吉乃と申します。今日からよろしくお願いします」

疑心暗鬼になりながらも、吉乃はもう何度目かもわからない自己紹介をすると、慌てて深く頭を下げた。

すると、そんな吉乃をジロジロと見たクモ婆は、

「吉乃ねぇ。なかなか面白そうな子じゃないか。あんたの惚れ涙ってやつの効果、是非一度見てみたいもんだ」

そう言うと、目を糸のように細めてほくそ笑んだ。

「別に、減るものでもないだろう。なぁ、琥珀。大事な商売道具がどれだけ使えるものか、あんたも気になっているはずだよ」

クモ婆に声をかけられた琥珀は、一瞬、顔に戸惑いを浮かべて口ごもった。

「そ、それはもちろん、見せていただけるものなら見てみたいですが……。異能は吉乃さんのものです。僕の一存では決められません」

琥珀は吉乃から目を逸らしたが、明らかにソワソワとして落ち着かない様子だった。

どんな相手であろうと虜にしてしまう、惚れ薬の効果を持った、惚れ涙。

見てみたいと思うのが普通だろう。

吉乃だってできるなら、本当に自分にそんな力があるのかどうか、確認してみたい。

（でも――）

「す、すみません。実は私……もう何年も、泣いたことがなくて」

吉乃は、しゅんと肩を落とした。

吉乃が泣けなくなったのは、養父母に言われた言葉が原因だ。

『私たちはね、子供の泣き声が大嫌いなんだよ　だから私たちの前でピーピー泣くんじゃないよ、耳障りだからね！』

五歳で突如、愛する両親と死に別れ、散々泣いて目を真っ赤に腫らした吉乃を見た養父母が最初に吉乃にかけた言葉がそれだった。

当時の吉乃は幼いながらに衝撃を受け、身体から力が抜けたことを覚えている。

結局それ以来、吉乃は人前で泣くことを止めたのだ。

「だから、泣けと言われて泣けるかどうか……。というか、どうしたら泣けるのか、自分でもわからなくて」

先ほど咲耶に吉乃の涙は恐ろしいものではないと言われたときには、一瞬、目に涙が滲んだ。

でも結局、涙を溢すには至らなかった。

けれど吉乃の返事を聞いたクモ婆は腕を組んで熟考したのち、徐に顔を上げてパッと表情を明るくした。

「それじゃあ、玉ねぎを使うのはどうだい!?」

「玉ねぎ、ですか？」

「ああ、生の玉ねぎを、あんたの顔の前でちょちょいと切るのさ。それで流れた涙を、絹と木綿に飲ませてみよう。妙案だろ？」

どちらかというと愚案だ。

突拍子もない話に、吉乃だけでなく琥珀も目を丸くした。

しかしクモ婆は意気揚々と言葉を続ける。

「絹、木綿、いいだろう？　あんたたちは別に、吉乃に惚れても仕事になんら支障はないしね」

絹と木綿は琥珀の部下ではあるが、一番の仕事は紅天楼にいる遊女たちに尽くすこと。

だからふたりが吉乃に惚れ込んだとしても、大きな支障はないというのがクモ婆の言い分だった。

「絹、木綿、どうだい？」

「わぁ、惚れ涙、是非飲んでみたいです！」

「どんな味がするのか、とてもとても気になります！」

無邪気なふたりはそう言うと、その場でぴょんぴょんと跳びはねた。

琥珀は心配した分、拍子抜けした様子で呆れたように息を吐く。

「本当に、いいのかい？」

「「あいっ！」」

「決まりだね。それで、鈴音。あんたはもしも、吉乃の惚れ涙の力が本物なら、吉乃をあんたの妹分にしてやりなよ」

続けて言ったクモ婆は、成り行きを見守っていた鈴音を見やった。

「どうしてそういう話になるの!?」

鈴音の反論はもっともだ。

けれどクモ婆は「ふん」と鼻を鳴らすと、自身の顎をツンと持ち上げた。

「もし、吉乃の力が本物だったなら、その力を悪い方向へ使わないように、しっかりと見張る人間が必要だろう？」

クモ婆の主張はこうだ。

仮に鈴音が吉乃の世話を引き受けなかった場合、吉乃は中途半端な状態で、遊女として客をとることになる。

「それでもし、吉乃が惚れ涙の力を使って、あんたの客をたぶらかすようになったらどうする？　吉乃の力が本物なら、あんたは花魁の座を奪われちまうかもしれないよ。そうなる前に、吉乃は自分の監視下に置いておいた方が安心だと思わないかい？」

クモ婆の問いかけに鈴音は、一瞬、顔に迷いを浮かべた。

そして一考したのち、やや不本意そうに眉根を寄せて、吉乃を見やる。

「……わかったわ。もしも、あんたの力が本物なら、私の妹分にしてあげる」

鈴音の返事を聞いたクモ婆はニンマリとほくそ笑むと、パチン！と指を打ち鳴らした。

「そうと決まれば早速、玉ねぎの出番だね」

次の瞬間、ドロン！と右手に玉ねぎを出したクモ婆は、続けて指先から出した細い糸で、玉ねぎをあっという間に串切りにしていった。

「ひゃあ！　目に沁みます〜！」

そう言って、ポロポロと涙を溢したのは絹だ。

さらにその隣では木綿も、目にいっぱいの涙を溜めている。

「どうだい、吉乃？」

吉乃の前に、あっという間に玉ねぎの山ができた。

気がつけば吉乃の目にもじわじわと涙の膜が張り、ついでに鼻の奥がツンと痛んだ。

「き、きてます……！」

玉ねぎの効果はてきめんだ。

と、そのとき、吉乃が瞬きをしたと同時に、両目から涙が一滴ずつ溢れ落ちた。

「危ない！」

咄嗟に、その涙を掬ったのは琥珀だ。

琥珀の手にはいつの間にか硝子の小瓶がふたつ握られていて、左右一滴ずつをそれぞれの小瓶に無事に収めた。

「でかした、琥珀！」

「これで本当に、惚れ涙とやらを試せるの？」

鈴音の疑問に答えたのは琥珀だ。

琥珀はどこからか取り出した湯呑みに片方の小瓶に入った涙をたらすと、それを絹と木綿の前に差し出した。

「さて、ふたりで分けて飲んでごらん」

湯呑みの中には淹れたての緑茶。その緑茶には吉乃の惚れ涙が一滴、混ぜられている。

「いただきます！」

ふたりは元気よく手を合わせると、まずは絹が一口。

そのあと木綿が一口、惚れ涙入り緑茶を口にした。

「「ふわぁぁああ！」」

と、次の瞬間、突然ふたりの身体が薄紅色の光に包まれた。

ふたりは光が消えるまで固まってしまい、ピクリとも動かなかった。

「絹、木綿？　大丈夫かい？」

恐る恐る声をかけたのは琥珀だ。

すると絹と木綿は、同時にカッ！と両目を見開いたかと思ったら、上司の琥珀ではなく吉乃へと真っすぐに目を向けた。

「よよよ、吉乃しゃまっ！」

「へ？」

「ワチキと！」

「オイラは！」

「「一生、吉乃しゃまについてゆきます!!」」

息をぴったりと合わせたふたりはそう言うと、吉乃に勢い良く飛びついた。

「わわっ」

どうにかふたりを受け止めた吉乃は、危うくまた後ろにひっくり返りそうになった。

「吉乃しゃまぁ〜。どうか、なでなでしてくださいませぇ」

「オイラは猫じゃらしで遊んでほしいです〜」

ふたりが吉乃を見る目はキラキラと輝いている。

まるで母親を見つめるようなふたりの視線に、吉乃は戸惑いを隠せなかった。

「どうやら、惚れ涙の効果は本物のようですね」

つぶやいたのは琥珀だ。

確かに琥珀の言う通り、ふたりはすっかり吉乃に夢中で、ゴロゴロと喉を鳴らしながらべったりくっついて離れそうにない。

「……まさか、本当にこんな力があるなんてねぇ」

そう言ったクモ婆は言い出しっぺのくせに、なにやら難しそうな顔をした。

「吉乃。あんたはこの力があれば、遊女としてどんな上客もすぐに手玉にとれることだろうよ」

けれどクモ婆の言葉を聞いた吉乃は、手放しで喜ぶ気になれなかった。

(惚れ涙の力は本物だったんだ。確かに遊女としてはこの上なく幸運な能力かもしれないけれど——)

半面、自分にすり寄る絹と木綿を見たら、複雑な気持ちにならずにはいられない。

「とんでもなく高貴な身分のお方に、身請けしてもらうことも夢じゃないよ。もしかすると、一生遊んで暮らせるかもしれないねぇ。考えたら、なんだか楽しくなってこないかい？」

まるで、夢物語のようだと吉乃は思った。

それと同時に吉乃の脳裏に浮かんだのは——桜の木の下で微笑む、咲耶の姿だった。

（咲耶さんも、遊女として私に異能を使えばいいと言うのかな）

いや、咲耶ならば異能を使うのはくれぐれも慎重にと言うのではないだろうか。

なぜだかそう考えた吉乃の胸にはやはり、不安の渦がまわっていた。

「さて、そういうわけだから、鈴音。あんたは約束通り、吉乃の面倒を見てやりなよ」

と、挑発的な笑みを浮かべたクモ婆は、一連の出来事を静観していた鈴音を見やった。

鈴音はまた不本意そうに眉根を寄せると、絹と木綿にじゃれつかれている吉乃から目を逸らした。

（やっぱり、こんなことを理由に鈴音さんに面倒を見てもらうのは申し訳ないよね）

なにより、見世で一番忙しい鈴音の立場からすれば、世間知らずの世話など迷惑に思って当然だ。

「あ、あのっ。私は——」

「——わかったわよ。私がこの子の面倒を見るわ」

「え……」

「でもね、私が面倒を見るからには絶対に甘やかさないわよ。琥珀さんもクモ婆も、私のやり方にあれこれと文句をつけるのはなしにしてくださいね」

　胸の下で腕を組んだ鈴音は、そう言うとまたそっぽを向いた。

　吉乃は一瞬固まってから、慌てて我に返って「ありがとうございます」と頭を下げた。

「良かったね、吉乃」

「は、はい。あの、クモ婆――じゃなくて、浮雲さんもありがとうございました。おかげで、自分の異能を確認できて、少しだけすっきりした気がします」

　まさか、玉ねぎで涙が出るとは思わなかったが。

　まぁ、色々考えてしまうところはあるものの、本当に自分に異能が備わっているのだと確認できたことは良かったと言えるだろう。

「浮雲だなんて本当の名で私を呼ぶのは琥珀だけさ。最初に言った通り、あんたもこの遊女になるなら、私のことはクモ婆と呼びな。〝さん〟もいらないよ。私は堅苦しいのは嫌いだからね」

　ニイッと金歯を見せて笑うクモ婆には粋という言葉がピッタリで、吉乃は不思議と清々しい気持ちになった。

「本当にありがとうございます。これから、どうぞよろしくお願いします」

と、吉乃がもう一度鈴音とクモ婆に頭を下げたら、

「では、早速ですが吉乃さんには鈴音さんについていただき、ここでのことを一から学んでもらいます」

不意に口を開いた琥珀が、パチンと手を叩いて話を締めくくった。

「鈴音さん、あとのことはよろしくお願いしますね。絹と木綿は、吉乃さんから離れなさい。そのままでは吉乃さんの邪魔になってしまいます」

琥珀に注意されたふたりはあからさまに嫌そうな顔をしたが、吉乃が「またあとでね」と声をかけると名残惜しそうに離れていった。

「ふんっ。ほら、ボヤボヤしていないでさっさと私についてきなさい。あんたは今日から私の雑用係だからね」

「は、はいっ！」

鈴音に声をかけられ慌てて立ち上がった吉乃は、改めて部屋にいる面々に頭を下げた。

そして鈴音のあとを追って部屋を出る。

前を行く鈴音は相変わらず虫の居所が悪いようで、自分についてくる吉乃を振り返ろうともしなかった。

（鈴音さん、ずっと怒ってる……）

余程自分が気に入らないのだろうかと、吉乃は静かに肩を落とした。

「……あなた今、私のこと、花魁の割に品がないなとか思っているでしょう？」

「え？」

けれど、部屋を出てしばらく歩いた先で、そう言った鈴音が突如として足を止めた。

そしてくるりと振り返ると、天女のような顔でジロリと吉乃を睨みつける。

「ねぇ、どうなのよ。私のこと、花魁らしくないと思っているんでしょう？」

「いえっ、私は——！」

次の瞬間、鈴音の綺麗な手が高々と振り上げられた。

吉乃は殴られると思って反射的に目を閉じたが、振り上げられた手は吉乃の顔の横を通過し、背後の壁に勢い良く置かれた。

「大丈夫よ。紅天楼では時代遅れの折檻なんてする奴はいないわ」

「え……」

恐る恐る目を開けた吉乃に、鈴音はそっと耳打ちをする。

それにしても、美女にされる壁ドンは迫力がある——なんて、呑気なことを考えた吉乃を前に、鈴音は睨むというより厳しい目をして言葉を続けた。

「でも、さっきみたいに簡単に異能を使うのは感心しないわ。特別な力は使い方次第で、使い手の運命を変えてしまうものだからね」

「使い方次第で……?」

「そうよ。これからは力を使うときはよく考えて使いなさい。そもそも私はそんな力に頼らなくても、今の地位についているの。もしもあんたが本当に涙の力を使ってのし上がってきたとしても、すぐに私が蹴落としてあげるから、覚悟しなさい」

断言した鈴音は美女だが、とても男前に見えた。

異能に頼らなくとも、鈴音は花魁の地位についた、一流の遊女なのだ。

吉乃を見る鈴音の目には揺るがぬ自信が滲んでいて、吉乃はそれをとても美しいと思った。

「私はあんたに遊女としてのあれこれを、懇切丁寧に手取り足取り教えるつもりはないわ。だからあんたはこれから私を見て、勝手に学んで、考えなさい。ここではね、悲劇の主人公なんて肩書きは、なんの意味もなさないのよ」

――悲劇の主人公なんて肩書きは、なんの意味もなさない。

辛いことがあるとすぐに養父母のことを思い浮かべてしまう吉乃は、頬を強く叩かれた気分になった。

「自分の足でしっかりと歩いていくの。それが、遊女でいるための必要最低限の条件よ」

そこまで言うと鈴音は、吉乃の背後についていた手を離した。

そしてまた吉乃に背を向け歩き出す。そのまましばらく行くと、ある部屋の前で足を止めた。

(ここは……?)

「——白雪、あんたと同室になる子を連れてきたわよ」

「鈴音姉さん!?」

と、勢い良く襖が開いたと思ったら、中から吉乃と同じ年くらいの可愛らしい女の子が顔を出した。

「呼んでくだされば、私の方から鈴音姉さんの部屋に伺いましたのに!」

鈴を転がすような声だ。

白磁の肌に色素の薄い髪が印象的なその子は、『美少女』という言葉のお手本のような見た目をしていた。

「白雪を呼ぶより、私が来てしまった方が早かったのよ」

「そうなんですね……」

「それで白雪。今言った通り、この子は今日からあんたと同室になる吉乃だよ。吉乃も私が面倒を見ることになったから、私がいないときは、ここでのことを色々と教えてやって」

白雪と呼ばれた女の子は、鈴音越しに吉乃を見ると、ふわりと花が開いたような笑みを浮かべた。

「吉乃ちゃん？　白雪です。これからどうぞよろしくね」

「あ……は、はい。こちらこそ、どうぞよろしくお願いします」

恐縮しながら頭を下げれば、白雪は「そんなに畏まらなくても大丈夫だよ」と、人懐っこい返事をくれる。

「とりあえず、吉乃は身なりを整えなさい。白雪、私は部屋に戻るから、あとのことはよろしくね」

そうして鈴音は白雪に吉乃の世話を言いつけると、踵を返して行ってしまった。

（鈴音さん、白雪さんのことはすごく信頼している感じだなぁ）

去っていく鈴音の後ろ姿を見送ったあと、吉乃がチラリと白雪を見れば、白雪は未だに鈴音が消えた廊下の先を見つめていた。

「あ、あの……」

「え……あっ。ボーッとしちゃって、ごめんね。改めて、私は鈴音花魁つきの振袖新造、白雪です。半年後に十八になる予定の遊女見習いだよ」

「あ……じゃあ、私と同い年です。私は、三カ月後に十八になる予定で」

「そうなんだ！　見世に同い年の子がいなかったから嬉しいなぁ。私のことは、気軽に雪って呼んでね！　同じ鈴音花魁の妹分同士、敬語もなくていいからね」

屈託のない笑顔を見せる白雪はとても可愛らしく、眩しかった。

「雪、ちゃん？」

「うん！　ふふっ。吉乃ちゃん、これからよろしくね。着物、新しいものを出してくるね。それで着替え終わったら、廓でのことを色々と説明させてね」

そうして吉乃は白雪に連れられ、部屋の中に足を踏み入れた。

けれど、敷居をまたいですぐに立ち止まると、ずっと握りしめたままだった手をこっそりと開く。

『これを肌身離さず持っておけ。もしものときに、きっと役に立つだろう』

脳裏を過るのは咲耶の言葉だ。

これからのことを考えると不安に駆られたが、薄紅色に光り輝くとんぼ玉を見れば不思議と心が凪いでいき、自然と足が前に出た。

――夢うつつ（咲耶）

『どうか……！　どうかこの御神木だけは連れていかないでください！　この樹には、この地を護る神様が宿っておられるのです！』

今でも夢に見る過去がある。あれは何百年前のことだったか。

俺を祀り、崇める現世の一族が、一本の樹に必死に手を伸ばしている光景だ。

『お願いします！　この樹はこの土地にとって、とても大切な存在なのです！』

生きとし生けるものの運命として、別れはつきもの。

けれど俺は清らかな心を持つ彼らのことを好いていて、できればこの命ある限り、彼らのそばにいたいと願っていた。

『春と言えば花見だろう』

『馬鹿者！　俺たちが先に酒を口にしてどうするんだ！』

『ケチケチすんなって！　なぁ、神様だって、そんなの別に気にしねぇだろう？』

彼ら一族は堅実かつ明るく賑やかで、信仰深く、常日頃から俺に寄り添って暮らしていた。

　彼らは俺と共に生き、毎年春になると満開の花を咲かせる俺を見て、我がことのように喜んだ。

『ああ、今年もきっといい年になるなぁ』

　彼らに、俺の姿が見えていたわけではない。

　けれど俺を信じて崇める彼らの期待に応えるべく、俺も彼らが住む土地に豊かな実りをもたらし、大きな力であらゆる災害から護り続けた。

　しかし、ある日突然、平穏だった日々が終焉（しゅうえん）を迎える。

　俺の力に目をつけた一部の人間と、人ならざる者たちが前触れなく訪ねてきたのだ。

『この樹には、大変強い力を持つ誉れ高い神が宿っておられる。我々は、とある場所を創るためにこの神の力が必要なのだ』

　奴らはそう言うと俺が何百年と根を張り続けた土を掘り返し、有無を言わさず故郷から連れ去った。

『どうか！　どうか、見逃してください！』

『馬鹿を言え。そもそも人ならざる者は帝都にあるべき存在だ。この地に神が住まっていたことが間違いなのだ』

　信仰深い一族は、最後まで必死に奴らに抗い続けた。

　だが、俺を迎えに来た奴らは、縋る彼らの手を無情に払いのけたのだ。

『その樹は我々の宝でありながら、血の繋がった家族と同然なのです！』

それでも彼らは最後まで、俺のために勇敢に立ち向かってくれた。

そんな彼らを見ていたら、俺はたまらない気持ちになって、〝ある願い〟を彼らと彼らの子孫に託してしまった。

『――願わくば、いつかの世で再び巡り逢い、今度こそは深い結びつきを持った縁者となれるように』

薄紅色の花が散る。

宙を舞った花びらは彼らを優しく包み込み、彼らに故郷を護る力と、願いの証として俺の神力の一部を授けた。

『さて、貴方様には折り入ってお願いがございます』

対して、彼らの元から俺を攫った奴らは俺の意思とは関係なく、俺に〝ある使命〟を課して、俺の本体を〝とある場所〟へと閉じ込めた。

そこは苦界と呼ばれる、欲にまみれた場所だった。

そのとき、無理矢理彼らと引き離された苦しみと悲しみに身が焦がされた俺の魂の半分は邪気に囚われ、鬼と化してしまった。

どす黒い霊力が身体を覆い、心が憎しみに喰い殺される。

それはまるで地獄の業火に焼かれるような――終わりのない呪いのはじまりだった。

＊　＊　＊

「咲耶様！　討伐が終わりました！」

「ああ、ご苦労。あとは俺に任せておけ」

そうして悠久の時を超え、懐かしい記憶は遠い過去の片隅にしまわれた。

漆黒に染まった刀身を手にする俺に課せられたのは、帝都と、帝都吉原をどんな手を使ってでも護り抜くという絶対的な使命だ。

耳をつんざく断末魔も、今では心地良い音色に聞こえてしまう。

穢れた魂に触れた刀身は、罪人を斬れば斬るほど残忍かつ鋭利に研ぎ澄まされた。

「――咲耶さん」

と、不意に澄んだ優しい声が、俺の名を呼んだ。

ゆっくりと振り向けば、美しい薄紅色の瞳を持つ少女が立っていて、たまらなく胸が焦れて心が震えた。

『ねぇ、神様。来年も、その先もずっと、みんなで笑って過ごしていけるよね』

遠い日に、叶えられなかった約束が脳裏を過る。

気がつくと憎悪に囚われていた身体からは力が抜けて、いつの間にか邪気をまとった刀身を鞘に納めていた。

「……吉乃」

彼女は突如として俺の前に現れ、彼らから継がれた穢れなき魂を見せてくれた。

俺は何百年、このときを待ち侘びたことだろう。

暗闇の中で足掻きながら、俺は彼らに託した願いが叶う日を夢見て戦ってきた。

『私も、私の両親も……。故郷の村では呪われた一族だと言われて、ずっと疎まれていたんです』

けれど彼女も彼女の一族もまた、長い間、先の見えない苦しみと戦ってきたことを知る。

そう——すべては俺が彼らに、一方的な願いを託したせいだった。

俺は自分の身勝手な想いで、彼女や、彼女の一族を長い間苦しめていたのだ。

俺が、彼らに出逢わなければ。あのとき俺が彼らに力を授けなければ、彼らは【呪われた一族】などと揶揄され、忌み嫌われることもなかっただろう。

愚かな俺は、俺自身が彼らを苦しめていたことなど、想像もしていなかったのだ。

『ご迷惑になる前に、私は咲耶さんには釣り合わないということをお伝えしたくて』

違う。吉乃の伴侶としてふさわしくないのは、俺のほうだ。

もしも本当のことを話したら、彼女は俺を憎むだろうか？

俺を遠ざけ、離れていってしまうだろうか。

想像したら、どうしても真実を伝えることはできなかった。

ようやく巡り逢えた彼女を……。今度こそは深い結びつきを持った縁者に、と願った相手を。

——俺の愛しい花嫁を、失うことが怖かった。

「神のくせに人を恐れるなど、おかしなことだ」

自嘲して、暗闇の中で手を伸ばす。

けれどやっと捕まえた彼女に笑顔はなくて、そこでようやく俺は、自分が夢うつつであったことに気がついた。


「——夢、か」

なんと寝覚めの悪い朝だろう。

地面に落ちる薄紅色の群生は、今日も悲しいほどに美しい。

「吉乃……」

逢いたい。抱きしめたい。

彼女は、俺が愛し、俺を愛してくれた一族の末裔だった。

遠い過去に結んだ縁は、現在の彼女と繋がっていたのだ。

人ならざる者にとって花嫁は最愛の相手で、心を満たしてくれる唯一の存在だ。吉乃をひと目見た瞬間に感じた胸の高鳴りは、理屈ではなく俺の魂が彼女を求めていることを知らせていた。

けれど彼女もまた、苦界と呼ばれるここ、帝都吉原に足を踏み入れてしまったひとりだった。

運命とは、なんと皮肉なものだろう。遊女になった彼女はいつか、俺以外の男に見初められ、花嫁として身請けされていくかもしれない。

人ならざる者にとっての唯一は、必ずしも人にとっての唯一になるとは限らないのだ。

つまり俺以外にも、『吉乃は自分の花嫁だ』と言い出す男が現れる可能性があるということ。

だから通常、人ならざる者の男たちは、他の誰かに花嫁を取られぬよう、身請けが終わるまでは必死に帝都吉原に通い続けて愛しい相手に想いを伝える。

そうして射止めた相手を花嫁として迎えることで、その男は強大な力を得ることができるのだ。

吉乃が遊女として本格的に客をとりはじめれば、彼女の元へと足繁く通う男も出てくるだろう。

考えただけで胸が嫉妬の炎に焼かれ、刀を抜いていないのに、手のひらから邪気が漏れ出した。

俺以外の男が、吉乃に触れるのは許せない。

吉乃の魂を喰う奴など現れたら、衝動的に叩き斬ってしまうかもしれない。

（惚れ涙、か）

俺が授けた力は数百年の時を経て、思わぬ形で彼女に特別な異能を持たせた。

その異能は、遊女になる彼女の武器となるのか、それとも……。

（たまらないな……）

どれだけ考えたところで、たどり着く答えは同じだ。

この地から離れられない俺は、どうしても、本当の意味で彼女を救うことはできない。

だが、逆を言えば彼女が遊女でいる限り、俺は立場を利用して彼女を堂々と護ることができるのだ。

『俺は遊女となる吉乃を、命を賭して護ると誓う』

願わくば、彼女の頬が悲しみの涙で濡れることのないように――。

俺は、なにに代えても吉乃だけは護り通すことを、薄紅色の花に誓った。

甘美な誘惑

「吉乃しゃま！　今日も大変、美しゅうございます！」

帝都の冬は、現世と同じくよく冷える。暦では十二月の中旬を迎えた頃だ。

吉乃が紅天楼に来てから、あっという間に半月が経った。

二カ月半後、吉乃は十八回目の誕生日を迎える。

帝都吉原では人の女は十八にならないと客をとれないため、吉乃はそれまでの期間で鈴音や白雪、クモ婆から遊女の仕事に関することや振る舞いに作法、帝都の常識などを徹底的に仕込まれることになった。

「吉乃しゃまは本当に、天女のようなお方でございます～！」

「絹ちゃん、木綿くん、それはかなり言いすぎだよ……」

惚れ涙の一件以来、双子の子猫の妖・絹と木綿は、仕事の暇を見つけては、吉乃の顔を覗きに来るようになっていた。

「ふふっ。私もふたりが惚れ涙を飲むところ、見たかったなぁ。こんなに骨抜きになるなんて、本当にすごい力だよね！」

そう言って笑うのは、白雪だ。

白雪は吉乃よりも妓楼歴が長いため、絹と木綿の吉乃への懐きように、最初はとても驚いていた。

「吉乃ちゃんは、今日は確か、クモ婆から将棋の打ち方を習っていたんだよね？」

「うん……。昨日は囲碁で、一昨日は琴を習ったよ」

今は午前中の稽古を終え、ようやく一息ついたところ。

昼休憩時にはこうして絹や木綿、白雪と話をすることが吉乃の日課になりつつあった。

「最初は覚えることが色々あって、本当に大変だよね」

白雪のその言葉の通り、吉乃はここに来るまで遊女の仕事がこんなにも多岐にわたるとは知らなかった。

帝都吉原に来る人ならざる者たちは、自分の花嫁を探すべく、遊女の魂を味見する。

『だからって、客には魂を喰わせておけばいいなんて思っている遊女は三流よ』

『一流は魂を喰わせずとも、客の心を掌握（しょうあく）できるの。そしてそれができた遊女は、〝選ばれる立場〟から〝選ぶ立場〟になれるのよ』

鈴音はそう言うと形の良い目をそっと細めた。

実際、花魁ともなれば、一度や二度の登楼では客に魂を食べさせるどころか、会話すらしないらしい。

馴染み客になるために大金を積み続けた者だけが、花魁を射止める権利を得られるのだ。

『喰われるのではなく、こちらが客を喰いものにするの。でも、そのためには自分にそれだけの付加価値をつけなければならないわ』

つまり、花嫁探しの要でもある、魂の味見をさせなくとも、客に〝この遊女の元へと通いたい〟と思わせることが重要なのだ。

そのためには教養を身につけるだけでなく、たくみな話術を始め、将棋や囲碁、琴や三味線に舞踊といった、客を楽しませるための武器がなくてはならないと吉乃は半月のうちに教えられた。

(だから誕生日までの三カ月間で、必要なことはみっちりと仕込まれることになったのだけど……)

吉乃は現世にいるときは学問の成績こそ優秀ではあったものの、将棋や囲碁、ましてや琴や三味線、加えて和歌などといったあれこれのほとんどが未経験だった。

「昔、現世にあった吉原の遊女が使っていた廓詞は、帝都吉原では使われていないって聞いて、それだけは良かったかなと思ったけど」

「廓詞って、ありんす〜ってやつね。確か、そんなのもう死語だって、前に他の見世の子たちが話してたなぁ」

「うん。でも、廓詞はともかくとして、三カ月で習ったことの全部を完璧に身につけるなんて無理だよ。だから今はとにかく、なにかひとつでも課題が達成できたらいいんじゃないかな？」

そうしていくうちに、これなら！という武器が見つかれば、遊女としての吉乃にも箔がつくと白雪は話を続けた。

「吉乃ちゃんなら大丈夫。吉乃ちゃんがいつも夜遅くまで稽古の復習をしてるの、私は毎日見てるもの！」

「そうです！　吉乃しゃまなら、絶対に素敵な遊女になられます！」

「絹と木綿が保証します！」

同じ鈴音の妹分である白雪は、自分も稽古や鈴音の手伝いで忙しいにもかかわらず、いつもこうして吉乃を気遣い、優しく声をかけてくれた。

絹と木綿は惚れ涙の効果もあって吉乃がどれだけ失敗しても責めないので、正直に言うと評価はあまり参考にならない。

「三人とも、どうもありがとう。私、精いっぱい頑張ってみるね」

と、吉乃が改めてお礼を言うと、

「白雪さん、吉乃さん、お疲れ様です」

背後から不意に、琥珀に声をかけられた。

（え——？）

しかし、反射的に振り向いた吉乃は驚いて目を見張る。

そこには琥珀だけでなく、なぜか神威の将官を務める咲耶も立っていた。

「吉乃、久方ぶりだな」

「咲耶さん、なんで……？」

咲耶に会うのは、吉乃が紅天楼に連れてこられて以来なので半月ぶりだ。

久々に会う咲耶は相も変わらず眉目秀麗で、うっかりすると見惚れてしまいそうになる。

「今日は軍事で来たのだが、用も済んだのでこれから帰るところだ」

「仕事の用、ですか？」

「ああ、吉乃は稽古で忙しいと聞いていたが、見世を出る前に顔が見られてよかった」

そう言うと咲耶は吉乃を見て笑みを溢す。

ついドキリと胸の鼓動が跳ねたのは、桜吹雪の中で笑ったあの日の咲耶と、今の咲耶が重なって見えたからだ。

「ここでの生活にはもう慣れたか？　困っていることなどはないか？」

穏やかな声で尋ねられ、吉乃はドギマギしてしまった。

（深く考えてはダメ。咲耶さんが私を気にかけてくれるのは、私が異能持ちの遊女で厳重な管理が必要だからというだけで――）

以前会ったときとは違って、今はもう、きちんと理解している。

それなのに心臓は勝手に早鐘を打つように鳴りはじめ、吉乃は咄嗟に咲耶から目を逸らしてしまった。

「吉乃？　どうした、なにか悩みでもあるのか」

「い、いえ、そういうわけでは……」

「ではなぜ、俺から目を逸らすんだ。こっちを見ろ」

と、咲耶が堪りかねたように吉乃の顎に指を添えて持ち上げた。

予想外に至近距離で目と目が合い、吉乃は今度こそ赤面して押し黙った。

「なぜ、赤くなる？」

「さ、咲耶しゃまっ！　吉乃しゃまから、今すぐその手をお離しくださいっ！」

「うん？」

「吉乃しゃまを困らせる者は、たとえ咲耶しゃまであろうと許しませぬ！」

そのとき、思わぬ助け船が入った。

絹と木綿だ。ふたりは咲耶に顎を掴まれたまま固まる吉乃の足元でピョンピョン跳ねると、頬を風船のように膨らませた。

「吉乃しゃまは、我らの大切なお方なのです！」

「なぜ、この童たちがこんなに吉乃に懐いているんだ」

「す、すみません、咲耶様。それはこのふたりが吉乃さんの惚れ涙を飲んだからでして……」

「吉乃の惚れ涙を飲んだだと？」

琥珀の補足を聞いた咲耶が信じられないといった顔をする。

対する琥珀はシュンと耳を垂れると、申し開きのしようがないと頭を下げた。

「これには色々と事情はあるのですが、妖特有の好奇心を抑えられず、つい僕も同意をしてしまって」

「これは吉乃しゃまを愛する者同士の、絶対に負けられない戦いなのです！」

「琥珀しゃま、我らの邪魔をしないでくださいませ！」

「き、絹ちゃん、木綿くん。もうそれくらいで止めておこう……？」

さすがに見ていられなくなった吉乃も止めに入った。

ふたりの気持ちは有り難いが、これ以上は、いたたまれない。

「咲耶さん、すみません。ふたりに悪気はないんです。涙についても、私自身が自分に本当に異能があるのか知りたくて、試すことに同意したからで――」

「つまり吉乃は、俺以外の前で涙を流したということか？」

「え？」

「吉乃の惚れ涙をこの童たちが飲んだということは、吉乃が俺のいないところで泣いたということだろう？」

思いもよらない問いかけに言葉を切られた吉乃は、キョトンとして固まった。

しかし、吉乃を見る咲耶の顔は真剣そのものだ。

（真剣と言うか、なんだか悔しそうにも見えるような……）

「吉乃、どうなんだ」

「あ……は、はい。確かに泣きましたが、それは目の前で大量の玉ねぎを切られたからで」

「玉ねぎ、だと？」

「はい。ザクザクと、大量の玉ねぎを切っていただきました」

ちなみにあのときの玉ねぎは、紅天楼の従業員が美味しくいただきました。

そうして一通りの事情を吉乃が説明すると、咲耶はまた信じられないといった顔をした。

「まさか、そのような方法で吉乃に涙を流させるとは――。琥珀。今度ふざけた真似をすれば神威の将官として粛清する。肝に銘じておけ」

咲耶の言葉を聞いた絹と木綿が「職権乱用です！」と、また頬を膨らませて怒る。

結局、一番とばっちりを受けたのは琥珀だった。

咲耶がなぜここまで悔しがるのか吉乃にはさっぱり理由がわからなかったが、これ以上掘り下げると琥珀の身に危険が及びそうなので口を挟むのは止めておいた。

「吉乃。お前ももう少し危機感を持て」

「は、はい。申し訳ありません」

「くれぐれも無茶だけはするなよ。安易に涙を流すのは絶対に止めろ」

咲耶は吉乃に改めて注意をすると、後ろ髪を引かれるように紅天楼をあとにした。

去っていく咲耶の背中に向かって、絹と木綿が「あっかんべー」と舌を出していたのは見なかったことにする。

「それで……咲耶様は、なんの御用でうちにいらしたんですか？」

尋ねたのは、それまでやり取りを静観していた白雪だった。

白雪の問いに下がっていた耳をピン！と立てた琥珀は、小さく咳払いをしてから仕切り直した。

「それについて、ちょうどおふたりにお話があったのです」

「私たちに話が？」

「ええ。急ではあるのですが、実は本日、帝都政府の官僚様方のために、うちの見世で酒席を設けることになりまして。主催者の蛭沼（ひるぬま）様が鈴音花魁の上客のひとりということもあり、特別に座敷をご用意することになったのですが、その座敷におふたりを上げようかという話になったのです」

琥珀の話を聞いた吉乃と白雪は、思わず顔を見合わせた。

「特に吉乃さんは突き出しまで残り二カ月半しかありませんし、少しでも経験を積ませた方がいいだろうと、浮雲さんとも意見が一致しました」

つまり楼主の琥珀と、遊女の総監督である遣手のクモ婆の決定ということだ。

ちなみに突き出しとは、遊女が本格的に客をとり始める日のことを指す。

「で、でも、琥珀さん。鈴音姉さんは花魁ですし、見世の座敷で複数のお客様のお相手をするというのは異例では……」

「それについては、私が良しとしたのよ、白雪」

「鈴音姉さん！」

「今、琥珀さんが話した通り、今回の主催はあの蛭沼様よ。白雪も知っての通り、蛭沼様は私の上客。ここで恩を売っておいて、損はない相手よ」

ふらりと現れた鈴音は今日も、天女のように見目麗しい容姿をしていた。

だが、相変わらず吉乃を見る目だけは厳しい。

思わず吉乃が背筋を伸ばすと、鈴音は「ふん」と小さく鼻を鳴らした。

「そういうわけなのです。大変急なことで申し訳ないのですが、今日は鈴音さんの特別な座敷に上がっていただき、吉乃さんと白雪さんのおふたりにも蛭沼様ご一行のおもてなしをお願いします」

そう言うと琥珀は、絹と木綿の首根っこをヒョイと掴んで捕まえた。

「ふたりはこれから説教です」

「ひ、ひやぁ～！」

そして、そのままふたりを連れて去っていく。

小さくなる背中を吉乃が見送っていると、そばに鈴音がやってきた。

「しっかりやりなさいね」

鈴音の言葉にまた吉乃の背筋が伸びる。

初めての接客、お酒の席でのおもてなし。

思わぬ形で実践経験を積むことになった吉乃は、緊張でゴクリと喉を鳴らした。

＊　＊　＊

「やぁやぁ、鈴音。今日は突然、無理なお願いをしてすまなかったね」

花街に宵(よい)が訪れた頃、提灯に明かりが灯る。

人ならざる者たちで賑わう帝都吉原は、今日も朝が来るまで眠らない。

帝都政府の官僚・蛭沼は、定刻通りにふたりの部下を引き連れて紅天楼にやってくると、我が物顔で部下たちに花魁・鈴音を紹介した。

「まるで天女のように美しい女だろう？　鈴音はいずれ、俺が花嫁として迎える予定さ」

蛭沼から鈴音を紹介された部下たちは、恍惚として花魁姿の鈴音に見惚れた。

『いい？　蛭沼様が部下を連れてくるのは、私を自分のものだとひけらかすためなのよ』

蛭沼は、見た目は四十くらいの線の細い男で、決して男前とは言えないが、非常に高慢であることを吉乃と白雪は予め聞かされていた。

今日もなかなか身請けを了承しない鈴音を、自分のものだと広言するため、酒の席を設けたいと願い出たということだ。

『でもね、残念ながら私は蛭沼様の花嫁になるつもりはないわ』

大金を落としてくれる上客と言えど、身請けを受け入れるかどうかは遊女と見世に決定権が委ねられている。

『いくらお客様が身請けしたいと言っても、遊女が首を縦に振らなければ成立しません。特に花魁ともなれば、身請けしたいと手を挙げるものは、ひとりやふたりではありませんから』

そう言った琥珀の瞳には〝銭〟の字が浮かんでいた。

楼主の琥珀は客の前に〝花嫁〟という人参をぶら下げて、大金を搾り取るのが仕事だ。

『こちらは命がけで遊女をやっているのよ。でも、相手はお金さえ払えば甘い蜜が吸える。せいぜい、私を花嫁に迎えるために競い合ってもらうの。それもひとつの駆け引きの方法よ』

清々しいまでに言い切る鈴音は、いつも自信に満ち溢れていた。

『本日も特別な席をご用意するということで、蛭沼様からは前払いでいつもの倍の金額をいただきました』

陰で楼主の琥珀が銭勘定をしていることも知らず、蛭沼は今日も鈴音を落とすことに必死になるのだろう。

だが、吉乃にとって、今回の席はある意味貴重な経験の場。

だから今日は白雪と共に、鈴音の補佐をするべく、おもてなしに徹底することを心に誓っていた。

「花魁の鈴音が、見世の座敷でこんなふうに複数人の相手をしてくれるなんて、異例中の異例じゃないかい？」

「そうですね。でも、他でもない蛭沼様の頼みですもの。蛭沼様にはいつも本当に、良くしていただいていますから」

たっぷりの色気をまとわせた鈴音は、誘惑するように口角を上げた。

妖艶な仕草と美貌に、女の吉乃ですら釘付けになってしまう。

（鈴音さんの仕事ぶりをこんなに近くで見させてもらうのは初めてだけど、本当にすごい）

艶やかな着物に身を包んだ鈴音に熱のこもった目で見つめられたら、どんな男も虜になるのは必然だ。

言い方は悪いが、普段の高飛車な振る舞いは微塵も感じさせない。

そこにいるのは帝都吉原一の大見世で頂点に君臨している、花魁・鈴音に違いなかった。

「ああ、鈴音はいつになったら俺の花嫁になってくれるのかなぁ」

「ごめんなさい。蛭沼様の花嫁は身に余るお役で、私では力不足だと思いますの……」

あくまで、今の自分では蛭沼に釣り合わないから花嫁にはなれない、という体で求婚を突っぱねる。

たおやかな仕草は、〝守ってやりたい〟という男心をくすぐって、蛭沼の熱情を余計に煽った。

（こうなると蛭沼様は、なにがなんでも鈴音さんを身請けしたいと思って、これから

も紅天楼に通い詰める……ということだよね）

「本当に鈴音は可愛いなぁ、愛しいなぁ、今すぐ食べてしまいたいなぁ」

「ふふっ、そんなに褒められると照れてしまいます。でも、蛭沼様にそう言ってもらえるのは、他の誰に言われるよりも嬉しいですわ」

もう、蛭沼の目には鈴音しか映っていない。

鈴音の見事な仕事ぶりに、吉乃はひたすら感心するばかりだった。

「なぁ、もしかして、きみが噂の〝異能持ちの遊女〟かい？」

と、そのとき。不意に吉乃の隣に座っていた蛭沼の部下・忽那が、吉乃の顔を覗き込んだ。

突然異能の話を振られた吉乃は、目を丸くして口ごもってしまう。

「人にしては珍しい瞳の色をしているから、もしかしたらそうなんじゃないかと思ったんだけど」

まさか、蛭沼の部下が吉乃の噂を知っているとは思わなかった。

吉乃はなんと返事をすればいいのか迷って、つい言葉を詰まらせた。

「あ、あの、私は――」

「わぁ、やっぱり未来の官僚様ともなるお方ですと、色々なことに精通していらっしゃるのですね！　そうです、この子が噂の遊女です」

と、すかさず助けに入ったのは白雪だ。

白雪は返事の中で忽那をさり気なく持ち上げると、コテンと首を傾げて可愛らしい笑みを浮かべた。

「やっぱりそうか。じゃあ、神威の将官殿との噂も本当なのかい？」

神威の将官とは当然、咲耶のことだ。

咲耶の話を振られた吉乃は、初座敷の緊張とも相まって、また口ごもってしまった。

「も、申し訳ありません。私……緊張していて」

「いやいや、初々しくていい。実はね。今日はその、将官殿もいらしてるんだよ」

「え……咲耶さんがいらしているんですか？」

けれど、続けられた忽那の言葉を聞いた吉乃と白雪は、今度こそ驚いて目を見張る。

「ああ、咲耶殿は蛭沼様に命じられて、今は見世の外で見張りをしているはずさ。……蛭沼様は普段から、強引すぎるところがあるから咲耶殿は気の毒だよ」

そこまで言うと忽那は、ヤレヤレといった様子でため息をついた。

かくいう吉乃は、見世の外に立っているという咲耶のことを思い浮かべて目を伏せる。

（咲耶さんが、見世の外で見張りを……）

昼間会ったときは、そんなことは一言も言っていなかったのに。

どうして、夜も見世に来ることを教えてくれなかったのだろう。

「それに、これも噂に過ぎないんだけど……」

だが、続けて声を潜めた忽那の言葉に、吉乃は思わぬ衝撃を受けることとなる。

「鈴音花魁は、蛭沼様だけでなく、他の高貴なお方たちからの身請け話もすべて断っているんだろう？　だから鈴音花魁は、実は咲耶殿の花嫁の座を狙っているんじゃないかって話があってね」

「え……」

「で、その噂を耳に入れた蛭沼様が、嫉妬心から自分の酒席に、護衛として咲耶殿を連れてきたってわけさ」

つまり、今日の急な酒席が設けられた一番の動機はそれだったのだ。

鈴音に惚れ込み、自身の花嫁に迎えるために躍起になっている蛭沼。

そんな蛭沼が、『鈴音は実は、咲耶の花嫁になりたいと思っている』という噂を聞きつけた。

嫉妬に燃えた蛭沼は、噂をしていた部下たちだけでなく咲耶にも、鈴音は自分のものだと見せつけるために大金を積み、今回の酒席を設けたというわけだ。

「蛭沼様は、咲耶殿よりも自分の方が立場は上だということを鈴音花魁に見せたかったんだろう。なんでも自分の思い通りにならないと気が済まない性分だからね。まったく……振り回される方はたまったもんじゃないよ。上層部も、蛭沼様の悪行ぶりには目をつけているはずなんだけどなぁ」

呆れたように息を吐いた忽那は、「咲耶殿には申し訳ないことをしたなぁ」と呟きながら酒を呷った。

忽那も大概な噂好きではあるが、今の話から察するに、蛭沼はあまり部下から上司として尊敬されていないのかもしれない。

おまけに悪行が原因で、政府上層部に目をつけられているということだ。

しかし、話を聞いた吉乃は蛭沼に関することより、咲耶に思いを馳せてしまった。

(咲耶さんが今、見世の外にいる——)

高鳴る胸に、着物の上からそっと手をあてる。

そこには脈を打つ心臓だけでなく、咲耶からもらった薄紅色のとんぼ玉を隠していた。

『肌身離さず持っていろ』と言われた吉乃は咲耶の言いつけ通り、とんぼ玉を小さな巾着に入れて首から下げ、いつも着物の下に忍ばせているのだ。

「でもさ、正直なところ蛭沼様より、咲耶殿の方が鈴音花魁には釣り合っているよなぁ」

忽那は酒に弱いのか、既に大分酔っているようだった。

こういうときは一度、酒の手を止めさせて水を飲むように勧めるべきと教えられていたのだが、吉乃は咲耶の話に気を取られて注意を怠った。

「俺がもし鈴音花魁だったら、蛭沼様ではなく咲耶殿の花嫁になることを選ぶね！　なぁ、きみもそう思うだろう？」

（鈴音さんは、咲耶さんの花嫁の座を狙っている。そしてふたりはとても釣り合いの取れた相手……）

確かに、忽那の言う通りだ。

だが、鈴音が咲耶の花嫁の座を狙っているという話は初耳だった。

（でも言われてみれば、鈴音さんは以前、咲耶さんを狙っていると言っていた……）

『咲耶様はね、この私、帝都吉原一の花魁・鈴音が今一番狙っているお方なの』

それはあくまで蛭沼や他の客と同じように、咲耶を客として自分の元へ通わせたいという意味なのだと思っていたが、本当は、〝咲耶の花嫁の座を狙っている〟ということだったのだろうか。

「まったく、蛭沼様も身の程知らずだよなぁ。相手があんなに綺麗な遊女じゃあ、花嫁になんてなってもらえるはずがないよ」

「忽那様、一度、お休みになられた方が――」

完全に上の空になっていた吉乃の代わりに、白雪が忽那に声をかけた。

けれど、白雪の援護は一足遅かった。

忽那の声は、上司の蛭沼の耳に届いてしまっていた。

「おい、お前。今、なんと言った」

痩身の蛭沼からは想像もできないドスの利いた声が放たれ、部屋の空気が凍り付く。

そこでようやくハッと我に返った吉乃は、自分がとんでもない失態を犯したことに気がついた。

（いけない、忽那様のお相手を任されていたのは私だったのに……！）

忽那の酒の進み方が速いことも、酒に弱そうなこともわかっていた。

加えて、蛭沼の耳に届いてはマズイ失言が増えてきていたことに、吉乃も気がついていた。

だから今、吉乃が遊女としてやるべきことは、『少し酔いを醒ましましょう』とでも声をかけ、忽那を別室に連れ出すことだったのだ。

今日の主役はあくまで蛭沼。

ここで蛭沼が気分を害するのは駄目だ。なにより酒に酔った忽那と蛭沼の関係にヒビが入るような事態になれば、帝都吉原一の大見世・紅天楼の名折れだ。

「も、申し訳ありません。あの、私——」

「蛭沼様、私が至らぬせいで、大変申し訳ありません。お部屋を変えましょう。白雪、そちらのおふたりはあなたにお任せするわ」

と、吉乃の言葉を遮り、すかさず間に入ったのは鈴音だった。

見れば蛭沼は口から蛇のように長い舌を出し、酒に酔った部下を威嚇している。

人ならざる者は興奮すると、その本性を現すことが多い。

だから鈴音はふたりを離して、まずは落ち着かせるべきと判断したのだ。

そしてあとのことは白雪に任せると言い切り、遠回しに吉乃を糾弾した。

「いや、鈴音。もうこの際だ、ハッキリさせよう！」

けれど愛する鈴音に宥められても蛭沼は腹の虫が収まらないようで、再び居丈高に声を荒らげた。

「咲耶殿をここに連れてこい！　咲耶殿よりも俺の方が立場は上であることを、お前にわからせてやる！」

そうすることで、咲耶よりも自分の花嫁になる方が賢明な選択であることを、蛭沼は鈴音に思い知らせようと考えたのだ。

「さぁ、早く！　咲耶殿をここに呼べ！」

こうなるともう、蛭沼は引き下がらない。鈴音はやむなしといった様子で目を閉じると、吉乃に楼主の琥珀を呼ぶように言いつけた。

「吉乃。琥珀さんに、蛭沼様が外にいる咲耶様を座敷に呼ぶように言っていることを伝えてきて」

お前にもそれくらいはできるだろう、という圧を、鈴音からは感じる。

（私のせいで、皆さんにご迷惑を……）

顔色を青くした吉乃は鈴音の言いつけ通りすぐに座敷を出ると、琥珀の元へと行き、一通りの事情を説明した。

「本当に、すみません。私が未熟なせいで、こんなことになってしまって」

「大丈夫ですよ。初めてのことですし、失敗があっても仕方ありません。それに――これもある意味、こちらとしては好都合ですから」

「え？」

そっと呟かれた言葉に吉乃は首を捻ったが、琥珀はにこりと笑って言葉を続けた。

「とりあえず、あとのことは僕らに任せて、吉乃さんは不自然にならぬよう、このまま座敷に戻ってください」

つまり、失敗したからといって逃げ出すことは許されないというわけだろうか。

吉乃は「はい……」と肩を落として頷くと、今度は琥珀の言いつけを守って鈴音が仕切る座敷に戻った。

「ひ、蛭沼様、本当に申し訳ありません！」

座敷に戻ると失言をした忽那が、蛭沼に向かって深々と頭を下げていた。

白雪が相手をしていたもうひとりの部下も、居場所がなさそうに小さくなっている。

その光景を見た吉乃は、再び自分を強く責めた。

自分の僅かな気の緩みが多くの人を不快にさせ、楽しいはずの酒席を台無しにしてしまった。

「ひ、蛭沼様。私のせいで、申し訳ありません」

たまらず蛭沼の前に膝をついた吉乃は、身体の前に手をつき、深々と頭を下げた。

「私がお酒を勧めすぎてしまったせいです。お叱りなら私がお受けいたします！　忽那様は、なにも悪くないのです！」

そう言うと吉乃は顔を上げ、真っすぐに蛭沼を見つめた。

と、吉乃の薄紅色の瞳に気付いた蛭沼が、「ああ」と低い声を漏らして吉乃の顔をまじまじと見る。

「もしやお前、咲耶殿と噂になっている女か？　なんでも、人でありながら珍しい異能を持っているとかどうとか……。俺はお前にも、少し興味があったんだ」

蛭沼はそう言うと、肌が粟立つような厭らしい笑みを浮かべた。

その笑みは大蜘蛛を彷彿とさせ、吉乃の背中には嫌な汗が伝った。

「ふ〜む。当然鈴音の足元にも及ばないが、見た目も中身も悪くはなさそうだな」

長い舌が、舌なめずりをするようにチロリと動く。

いけないとわかっていても、吉乃の肌はぞくりと粟立った。

「蛭沼様。咲耶様をお連れしました」

と、そのとき。扉の向こうから声がかけられ、閉じられていた襖が開いた。

（あ……）

琥珀と共に部屋の中に入ってきたのは咲耶だ。

咲耶を見た吉乃は一瞬ドキリとして息を呑んだ。

「蛭沼様、お呼びでしょうか」

対して、蛭沼の前に膝をつく吉乃を一瞥した咲耶は、そう言うと堂々とした様子で蛭沼を見やる。

昼間と同じ白い軍服に身を包んだ咲耶は眉目秀麗で、ただそこにいるだけで全員の目を惹きつけた。

「いやいや、今ね、ちょっとこちらのお嬢さんから謝罪を受けていたところなんだ」

「……そうですか」

「そう言えば、この子は咲耶殿のお気に入りなんだって？　その噂は本当なのかい？」

蛭沼と咲耶の力関係は、僅かに蛭沼の方が上らしい。

先ほどまで部下たちにしていたような威圧的な態度は鳴りを潜めてはいるが、咲耶の反応を楽しむように強か（したた）な視線を送っていた。

「咲耶殿はこれまで、花嫁どころか浮いた話はひとつもなかったのに不思議なもんだねぇ」

そこまで言った蛭沼は、今度は自分の隣に座している鈴音をチラリと見た。

鈴音の反応をうかがっているのだろう。けれど鈴音はまるで動じる気配もなく、相変わらず淑(しと)やかな空気をまとって前を向いていた。

「なぁ、どうなんだい？」

咲耶にまで、迷惑をかけられない。

そう思った吉乃は、もう一度蛭沼に頭を下げるべく口を開いた。

「あ、あの、蛭沼様――」

「はい。彼女は、私の生涯の伴侶……花嫁にと考えている相手です」

けれど、吉乃の言葉を咲耶の凛とした声が遮った。

驚いた吉乃が咲耶を仰ぎ見れば、吉乃の視線に気付いた咲耶が口元に優しい笑みを浮かべた。

（さ、咲耶さん、どうして――？）

トクン、トクンと吉乃の心拍数が上がっていく。

まさか、大勢の目があるこの場で、『俺の花嫁』だと断言されるとは思わなかった。

「ハハッ、聞いたか鈴音！　咲耶殿はこの娘を花嫁に所望しているらしいぞ！」

意気揚々と叫んだのは蛭沼だ。気持ちが高揚しているのか、膝立ちで鈴音を振り返った。

「残念だったなぁ、鈴音。やはりお前は俺の花嫁になるしかなさそうだ」

勝気に笑った蛭沼はまた口から長い舌を出すと、今度はベロリと厭らしく舌なめずりをした。

対する鈴音は涼しい顔で、瞼を閉じる。

そしてなぜか挑発するような笑みを浮かべてから目を開き、蛭沼の顔を静かに見つめた。

「鈴音……？」

「残念ですが、色恋沙汰に〝絶対〟はないでしょう？」

「どういう意味だ？」

「そのままの意味ですわ。蛭沼様もいつか、心変わりしてしまうかもしれない。鈴音はそれを思うと苦しくて、やはり、あなたの花嫁になることを躊躇してしまうのです」

どんなに上から見下ろされようと、主導権は渡さない。

鈴音は自分の方が上手だというように、蛭沼の求婚を上手くかわした――ように見えた。

「愛しいと思う相手ほど、信じるのに勇気がいります」

「で、では、どうすれば俺の気持ちを信じてくれるのだ！」

「それは……私にも、わかりません」

ひらり、ひらり。まるで指の間をすり抜ける花びらのように鈴音が答える。

鈴音の受け答えに蛭沼は納得がいかない様子で眉根を寄せた。

「う、ぬぬぬ……。そ、そうだ、わかった。これではどうだ！」

そして徐に吉乃を見た蛭沼は、思いもよらないことを言い出した。

「おい、そこの女。お前の異能は、どんなものの心をも魅了する、惚れ涙だと聞いた。その惚れ涙、今ここで俺が飲もう。それで涙を飲んでもなお、俺の鈴音に対する想いが変わらぬことを証明してやる！」

予想外の提案に、吉乃は驚いて目を見開いた。

蛭沼は惚れ涙を飲んでも、自分の鈴音への気持ちが変わらぬことを見せ、鈴音に己の愛の深さを伝えようと考えたのだ。

「そうすれば鈴音も、納得するはずだ！　さぁ、女。今すぐここで涙を流せ。美味い酒と一緒に、飲み干してやろう！」

そう言うと蛭沼は前のめりになって吉乃を見る。

吉乃は驚きと戸惑いに揺れ、どうするべきかわからず狼狽えてしまった。

「そ、それは、私の一存で決めることは――」

「蛭沼様のお気持ちはよくわかりました。うちの鈴音も、蛭沼様にそこまで想っていただけて幸せでしょう」

と、そのとき、突然琥珀が吉乃の隣に膝をついた。

「ちょうどここに、先日彼女の目から溢れた涙の残りがございます。蛭沼様がご所望であれば、この涙をお使いください」

「琥珀さん……!?」

思いもよらないことを言い出した琥珀の手には、硝子の小瓶が持たれていた。

(この小瓶は――)

以前、吉乃が玉ねぎで涙を流した際、琥珀が滴を受け止めたものだ。

そのとき小瓶はふたつあって、ひとつは絹と木綿に飲ませ、もうひとつはそのまま琥珀が大切に保管していたというわけだ。

「おお、その瓶の中に入っているのが惚れ涙か」

「はい」

「いいだろう。では、この盃にその涙を落とせ。鈴音は俺が酒と一緒に飲み干すのを、隣に座って見ていろよ」

「こ、琥珀さん、どうしてそんなことを……!?」

琥珀がなぜ簡単に蛭沼に惚れ涙を渡すのか理解ができない吉乃は、咄嗟に琥珀を止めようとした。

「大丈夫ですから、吉乃さんはそこで見ていてください」

けれど吉乃の静止を、琥珀は意にも介さぬ様子で振り払う。

そうして琥珀は蛭沼に命じられるがまま、蛭沼が手にした盃に小瓶の中の涙を落とした。

「ハハハッ、鈴音、俺の愛の深さを知れ！」

その盃を、蛭沼が豪快に呷る。

すると次の瞬間、蛭沼の身体が薄紅色の光に包まれて、長く伸びた舌が力なくダランと下がった。

「蛭沼様？」

声をかけたのは鈴音だ。

直後、異様な雰囲気をまとった蛭沼の手から、盃が落下する。

カラン、と乾いた音を立てた盃を横目に、鈴音が蛭沼に手を伸ばそうとしたら、

「あ……っ！」

「この醜女が！　高貴な身分であるこの俺に、気安く触れるな！　虫唾が走る！」

その手を蛭沼が勢い良く払いのけた。

「ひ、蛭沼様……？」

「なぜ、俺の隣にお前のような女が座っているのだ！　この、身の程知らずが！」

それまで鈴音の気を引くのに必死だったのが嘘のようだ。

豹変（ひょうへん）した蛭沼は蔑（さげす）むような目を鈴音に向けたかと思うと、不意にその目を吉乃へと移した。

「ああ、ああ……そうだ！　俺が真に欲していたのは、お前だったのだ！」

「え……」

「名を、吉乃と言ったか。ああ、愛しい吉乃。お前は俺の花嫁になるのだ。吉乃だけは、他の誰にも譲らんぞ」

吉乃を見る蛭沼の目は情愛に濡れている。

まるで、先ほどまで鈴音に向けられていた目——いや、それ以上に強い執着が表れていて、また吉乃の肌が粟立った。

（惚れ涙の力のせいだ……！）

完全に吉乃しか目に映っていない様子の蛭沼は、自分の前に座す吉乃を見て恍惚とした表情を浮かべていた。

「吉乃……吉乃！　俺の吉乃！」

「きゃっ⁉」

と、次の瞬間、蛭沼の口から伸びてきた舌が吉乃の身体に巻き付き、吉乃は身動きが取れなくなった。

「ひ、蛭沼様⁉」

「ええい、もう辛抱ならん！　吉乃、今すぐ俺とここを出よう！　そして俺の屋敷に戻り、俺と永久の契りを交わそうぞ！」

蛭沼は完全に我を失っている様子だ。というより、吉乃以外は一切目に入っていないように見えた。

「お止めください、蛭沼様！　吉乃はまだ水揚げも済んでいない遊女見習い。私の大切な妹です！」

咄嗟に蛭沼の腕にしがみついたのは鈴音だ。

（鈴音さん……⁉）

けれど鈴音をギロリと睨んだ蛭沼は、鈴音の身体を容赦なく押し返した。

「どけ、女！」

「きゃっ」

「鈴音姉さん！」

突き飛ばされた鈴音を見て、白雪が顔面蒼白で悲鳴を上げる。

その間にも蛭沼はムクムクと身体を膨らませ、醜い蛭に容姿を変えた。

「ヒ、ヒイイ‼」

蛭沼の部下の忽那たちは腰を抜かして部屋の隅に縮こまり、ガタガタと震え出す。

吉乃は蛭沼に捕らわれたまま、どうすることもできなかった。

（蛭沼様は、先ほどまであんなに鈴音さんへの愛を語っていたのに――）

やはり、惚れ涙の力はとても恐ろしいものだったのだ。そう考えた吉乃は自身を強く責め、思わず両目をキツく閉じた。

「……蛭沼殿、非常に残念だ」

そのときだ。不意に、それまで息を殺して成り行きを見守っていた咲耶が口を開いた。

吉乃が閉じたばかりの目を開けば、蛭沼を冷ややかに見る咲耶が凛として立っていた。

「う、ぐ、るるる……なんだと？」

「まさかこれほど簡単に欲望に負け、己を見失い、遊女に手を上げるとは。帝都政府官僚の名折れだな。あまりに滑稽で張り合いがない」

それはまるで、こうなることを予見していたかのような口ぶりだった。

「琥珀、ここで粛清してしまうが、問題はないな？」

咲耶が刀の柄に手をかけながら、琥珀に問いかける。

あまりに淡々とことを運ぶ様に、さすがの吉乃も疑念を抱かずにはいられなかった。

「はい。もちろん問題などございません。ここから先のことは、神威の将官であられる咲耶様のご判断にお任せいたします」

対して咲耶に問われた琥珀も、ゆっくりと立ち上がるとニコリと笑った。

琥珀の目は相変わらず凪いだ海のように静かだが、いつもの優しさと爽やかさは感じられない。

「必要であれば、ここで起きたことの証言もさせていただきます」

「ああ、よろしく頼む。では、ここから先は俺の仕事だ。お前は、そこにいる遊女たちにこれ以上の被害が及ばぬよう、護りに徹しろ」

次の瞬間、咲耶が小さく嗤ったと同時に、髪色が黒に変わった。

瞳の色も紅色に変化し、咲耶が抜いた刀の刀身は禍々しい闇色の靄をまとって咲耶の身体をあっという間に包み込んだ。

（咲耶さん……！）

大蜘蛛を消し去ったときと同じだ。

今の咲耶からは恐ろしい邪気のようなものが滲み出ていて、吉乃は思わず目を逸らしたくなった。

「鈴音さん、白雪さん、こちらへ！」

隙を突き、琥珀がふたりを避難させた。

そして咲耶は構えた刀を鋭く振り下ろすと——。

「ギャアアアア!!」

吉乃を捕らえていた蛭沼の舌を、容赦なく断ち斬った。

「あ……っ」

「吉乃、大丈夫か?」

蛭沼から解放された吉乃は座り込んだままで両手をついて、身体を支える。恐怖に震えているせいで、上手く力が入らない。

そんな吉乃を蛭沼から護るように、咲耶はふたりの間に立った。

「吉乃は俺の花嫁だ。貴様が触れられることは二度とないと思え」

「ぐ、うぬぬ……っ。己ぇ! 立場が下の分際で、この俺に刃を向けるとは何事だ!」

蛭沼は最後の力を振り絞ったように吠えた。

しかし咲耶は少しも動じる気配はなく、床に這いつくばる蛭沼に、蔑みの目を向けていた。

「こうなっては貴様も終わりだ。俺から冥途(めいど)の土産にひとつ、いいことを教えてやろう」

「いいこと、だと?」

「なにも騙し騙されの世界は帝都吉原だけではないということだ。貴様が官僚という立場を使い、随分と悪行を働いていたことは――今回の任を依頼してきた〝政府の上の者〟から聞かされていた」

咲耶の言葉に、蛭沼だけでなく吉乃も驚いて目を見張った。

（もしかして……。咲耶さんは本当は、蛭沼様の護衛ではなく別の人からの命令でここに来ていたの？）

「ま、まさか……お前たちは、共謀していたのか⁉」

「貴様が紅天楼の花魁・鈴音に入れあげていることは広く知られた話だったからな。今宵の酒席の話を聞かされたあと、俺から見世に協力を要請したというわけだ」

「複数人の酒席が不自然な形にならないように、鈴音さん以外の遊女をつけることを決めたのはこちらの判断でしたが」

咲耶の話に琥珀が補足する。

「神威の将官である俺の本当の任務は、貴様の取り調べを正当に行うために、ここで問題を起こした貴様を連行することだったのだ」

「紅天楼には蛭沼様以外にも官僚のお客様がたくさんいらっしゃいますし、見世の楼主として皆様に恩を売っておいて損はありませんから」

ニッコリと笑った琥珀も咲耶の協力者だった。

琥珀は蛭沼を見限り、この先の太客となりうる者たちを手玉に取ることを選んだ。

惚れ涙を躊躇なく渡したのも、蛭沼に問題を起こさせるための一手だったのだ。

種明かしをされてしまえば、如何にも帝都吉原一の大見世・紅天楼の楼主らしい世故に長ける選択である。

「それに、蛭沼様が鈴音さんを連れ去る計画を練っているという話も小耳に挟んだものですから」

それも、蛭沼捕縛を命じた者から得た情報なのだろう。

つまり鈴音を守りたい紅天楼と、蛭沼を捕縛したい帝都政府は利害関係が一致したというわけだ。

「仕掛けたのはこちら側とはいえ、俺の吉乃に手を出した罪は重い。本来であればここで地獄に送ってやりたいところだが——貴様には吐かせねばならない余罪が山ほどあるので、今は責務を全うしよう」

そうしてそこまで言った咲耶は、元の人の姿になった蛭沼の喉元に刀の先を突き付けた。

「牢獄で己の心と行いの醜さを、悔いることだ」

咲耶は、静かに呪文を唱えはじめる。

すると蛭沼の身体が黒い靄に包まれて、忽然とその場から消え去った。

「ひ、蛭沼様は……？」

「たった今、俺の神力で牢獄へと送った。部下であるお前たちからも後日、蛭沼のこれまでの行いについて聴取をすることになるだろう」

そう言った咲耶が刀を鞘に納めると、咲耶の髪は銀色と薄紅色に。瞳は元の黒色に戻った。

吉乃は、今度こそ気が抜けてへたり込む。

（結局、全部最初から計画されていたことだったんだ……）

咲耶が昼間紅天楼に来ていたのも、この計画の話をするためだったのだろう。

安堵と恐怖の狭間で冷や汗をかいた吉乃のそばに跪いた咲耶は、俯いている吉乃の顔を心配そうに覗き込んだ。

「吉乃……。結果的にお前まで欺くようなことになってすまない。必要以上のことを知らせれば、お前には余計な心配をかけるだけだと思ったんだ」

実際、最初から今回の計画を知らされていたら、吉乃は余計に緊張して計画の邪魔をしていたかもしれない。

「どこか痛むか？」

「だ、大丈夫です。なんというか現実味がなくて、心の整理がつかなくて」

あまりに衝撃的な出来事だった。

まさか初めて上がった座敷でこんなことが起こるとは思いもしなかった。

（でも、蛭沼様は鈴音さんの上客だから、当然鈴音さんは今回の計画を知っていたってことだよね……？）

と、そこまで考えた吉乃はあることを思い出した。

「そ、そうだ、鈴音さんは！」

「大丈夫よ」

「鈴音姉さん!? まだ立ち上がってはダメです！」

吉乃が案じたのは蛭沼に手を上げられた鈴音のことだった。

琥珀に支えられながら腰を上げた鈴音に、白雪が慌てて寄り添った。

「鈴音さん……。私を庇（かば）ったせいで、申し訳ありません」

「なにを言っているのよ。すべては計画の内だったと咲耶様から聞かされたばかりでしょう？」

「え……」

「蛭沼がああなるように誘導したのは私よ。私があそこで心変わりの話をすれば、蛭沼は私への想いを証明するために、目の前にいるあなたの惚れ涙を利用しようとするんじゃないかと思ったから敢えて挑発したの」

「じゃ、じゃあ、私を庇ったのも……？」

「もちろん、蛭沼を捕縛する決定打のためよ。あそこで蛭沼に触れれば、蛭沼なら逆上して絶対に手を上げると思ったから。花魁の私に手を上げたとなれば重罪。逆を言えば手を上げられなかったら咲耶様の目的が果たせなかったのだから、私は自分のやるべきことをやっただけ」

鈴音は勝ち誇ったように言う。

吉乃は唖然として、返す言葉を失った。

「鈴音、この度は神威への協力に感謝する」

と、立ち上がって鈴音に声をかけたのは咲耶だ。

静かに顔を上げた鈴音は咲耶へと視線を移すと、艶やかな笑みを浮かべた。

「いいえ、咲耶様。私は神威ではなく、咲耶様だからこそ協力を惜しまなかったのですわ」

「なんだ、俺を蛭沼のように堕とすつもりなのか？」

「ふふっ。堕とすだなんてとんでもない。私はただ、咲耶様のお力になれたことが嬉しいのです。もちろん、咲耶様が私の座敷に上がってくだされば喜んでおもてなしをさせていただきますけれど」

言い終えて、咲耶を見た鈴音の瞳は濡れていた。

咲耶のそばに座り込んでいた吉乃も思わずドキリとしてしまうほど——その表情は凄艶で、最上級に麗しかった。

結局、鈴音の最終目的はこれだったのだ。

計画に協力することで咲耶に恩を売り、自分の元へ通わせようと鈴音は目論(もくろ)んでいた。

「さすが、帝都吉原の遊女たちの頂点に立つ花魁といったところか。俺もお前には適わないかもしれないな」

「ふふっ。とても光栄なお言葉ですわ。今から咲耶様が登楼してくださる日を楽しみにしております」

軽口を叩き合うふたりを、吉乃はひとり取り残されたような気持ちで見つめていた。

（私は咲耶さんに気を取られてばかりで、自分のやるべきことすら疎かにしてしまったのに――）

「では、私は払われた頬を冷やしに行かせていただきます。白雪、私は大丈夫だから、あとは琥珀さんとあなたでそちらのおふたりのお見送りをしてきてくれる？」

鈴音は淑(しと)やかな口調で白雪に言いつけると、部屋の隅で小さくなっていた忽那たちに頭を下げ、座敷をあとにした。

去っていく背中を見送りながら、吉乃は自分の心の中で言いようのない感情が疼(うず)くのを感じていた。

同時に、思い出すのは蛭沼の部下・忽那から聞かされた話だ。

『鈴音花魁は、実は咲耶殿の花嫁の座を狙っているんじゃないかって話があってね』
『俺がもし鈴音花魁だったら、蛭沼様ではなく咲耶殿の花嫁になることを選ぶね！　なぁ、きみもそう思うだろう？』

今、どうしようもなく苦しいのは、どうしてだろう。

（喉の奥がヒリヒリするのは、なぜなの？）

鈴音が咲耶の花嫁の座を狙っていることも、ふたりがどうなろうとも吉乃には関係のないことだ。

寧ろ鈴音の妹分という立場の吉乃は、鈴音が本当に咲耶を慕っているのであれば、恋路を応援するべきなのだろう。

（そうだよ。鈴音さんなら咲耶さんとお似合いなだけじゃなく、今回のように咲耶さんの力になることだってできる——）

咲耶だって、吉乃を花嫁にするのではなく鈴音を花嫁にした方がより強い力を得られるのではないだろうか？

「吉乃、立てるか？　身体に力が入らないのなら、また俺がお前を抱いて運ぼう」

と、座り込んだままの吉乃に咲耶がそっと手を差し伸べた。

けれど吉乃は差し出された手から目を逸らすと、下唇を噛みしめて、俯いていた顔を静かに上げた。

「……大丈夫です。ひとりで立ち上がれます」

ああ、この感情はなんだ。

これまで一度も抱いたことのなかった、この気持ちは——。

(私……なぜだか今すごく、悔しくて、たまらない)

吉乃は自分が情けなくて、許せなかった。

「吉乃?」

「助けてくださって、ありがとうございました。でも、私にはまだやらなければならないことがあるので、失礼いたします」

そうして吉乃は咲耶の手を借りることなく立ち上がると、乱れた着物の裾を直し、茫然自失としている忽那たちの前まで歩を進めた。

「吉乃ちゃん……」

忽那たちのそばにいた白雪が、不安げに吉乃を見る。

吉乃は白雪にも「ごめんね」と言って頭を下げると、再び忽那に向き直った。

「お見送りをさせてください」

吉乃は、ふたりに向かって深々と頭を下げる。

今の自分にできることは、これしかないと吉乃は痛いほどわかっていた。

「あ、ありがとう」

そうして吉乃は白雪と共に、忽那たちを見送るために座敷を出た。
最後まで、咲耶の方をただの一度も振り返ることもなく。
人知れず、悔しさで震える手をお腹の前で固く握りしめていた。

夢と憧れ

「蛭沼の処遇が決まった。無期懲役、一生牢獄暮らしだ」

蛭沼との一件から早半月。吉乃が帝都吉原に来て一カ月が過ぎた。

その後の取り調べで予想通り、蛭沼からは余罪が掃いて捨てるほど出てきて、蛭沼は官僚の地位を剥奪(はくだつ)された上で犯罪者に成り下がった。

「政府上層部からも、此度(こたび)の一件への紅天楼の尽力を感謝するとの言付けを承ってきている」

事件の最終報告に紅天楼を訪れた咲耶の後ろで、神威の隊員ふたりが敬礼する。

「いえいえ、うちとしても不当な手口で手にした金銭を見世に落としていただいても、あまり気分のいいものではありませんから」

「とはいえ、お金はお金ですけど」と続けた琥珀は相変わらず拝金主義ではあるが、すっきりした様子で愛嬌(あいきょう)良く笑った。

「しかし、太客の蛭沼殿がいなくなったのは見世にとっちゃあ大打撃さ。その辺の根回しは、しっかりしておくれよ」

「ああ。今回の件で鈴音花魁の働きぶりを評価し、花嫁のいない官僚候補たちに紅天楼へと通うよう上層部が進言したとのことだ」

クモ婆の言葉に咲耶が淡々と答える。

「将来の官僚ともなれば富のあるお方たちばかりなのでしょうねぇ」

また琥珀の瞳に〝銭〟の字が浮かんだ。

政府上層部としても、紅天楼に通わせることで蛭沼のような者が現れないように見張らせる意図もあるのだろう。

「それと吉乃にも――惚れ涙の提供、感謝するとの言葉を承ってきている」

そこまで言った咲耶は、琥珀とクモ婆の後ろに控えていた吉乃へと目を向けた。

対する吉乃はまつ毛を伏せたまま、お腹の前で結んだ手に力を込める。

「いえ、私は……。蛭沼様の一件に関しては、なにもお役に立てていませんから」

吉乃は咲耶が来てからずっと、頑なに咲耶の方を見ようとしない。

そんな吉乃に咲耶は私的な声をかけるべきか悩んだ末に堪えて、短い息を吐いた。

「蛭沼殿は牢獄の中でも吉乃に会わせろと騒いでいるんだって？　本当に、惚れ涙はとんでもない代物だね」

「……実際、尋問官は〝吉乃に会いたくば自らの罪を洗いざらい吐け〟と蛭沼を強請り、罪を認めさせた。だが当然、吉乃の身に危険が及ばぬよう蛭沼は拘束し続けるから安心してもらって大丈夫だ」

「頼むよ」と答えたクモ婆に再度敬礼した隊士たちを引き連れ、咲耶は紅天楼をあとにした。

「吉乃ちゃん、咲耶様とお話ししなくてよかったの？」

咲耶たちの姿が見えなくなったあと、こっそりと耳打ちしたのは白雪だ。

結局、最後まで頑なに咲耶と目を合わせようとしなかった吉乃を、隣にいた白雪は心配していた。

「……うん。咲耶さんはこのあと任務があると仰っていたし、お引き留めする理由もないから」

「そっか……」

もちろん吉乃の真意は別にある。

（蛭沼様の一件以来、咲耶さんのことを考えると悶々としてしまって、どうすればいいかわからなくなるんだ……）

だから咲耶と目を合わせなかったのではなく、合わせられなかったと言った方が正しい。

『吉乃、立てるか？　身体に力が入らないのなら、また俺がお前を抱いて運ぼう』

吉乃が思い出すのは、蛭沼事件の最後に咲耶にかけられた言葉だ。

あのとき咲耶は吉乃を気遣い、そっと手を差し伸べた。

けれど吉乃は、咲耶に優しくされたことが悔しかった。

（あのとき鈴音さんは、神威の将官の咲耶さんと対等に話をして、自分のやるべきことをやり切って、堂々と自分の足で歩いて座敷を出ていったのに——）

もちろん、花魁の鈴音と自分を比べるなど烏滸がましいことは承知の上だ。

実際、鈴音と吉乃では遊女としても女性としても天と地ほどの差がある。

それでも吉乃は、なにもできずに怯えていただけの自分が嫌だった。

ただ咲耶に守られるだけの自分が、情けなくてたまらなかったのだ。

（あのとき咲耶さんは私のことを、〝優しく抱きかかえてやらなければひとりで立てない女〟だと思っていた）

当然、咲耶に一切の非はない。

咲耶は神威の将官として責務を全うし、蛭沼に捕まった吉乃を心配してくれただけなのだから。

『蛭沼があるなるように誘導したのは私よ』

それでも吉乃は、堂々と胸を張って言った鈴音と自分を比較せずにいられなかった。

それと同時に、考えれば考えるほど、咲耶が自分のことを『俺の花嫁』だと言う理由がわからなくなった。

（誰が見ても咲耶さんには、鈴音さんの方が釣り合っているのに——）

蛭沼の部下たちも、なぜ吉乃が咲耶に花嫁だと言われるのか不思議に思ったはずだ。

でも、鈴音と咲耶がお似合いのふたりだと思えば思うほど、吉乃の胸の中の靄は大きくなっていき、その矛盾が余計に吉乃を混乱させた。

「さて、蛭沼殿の件も一段落しましたし、そろそろ大切な話をしましょうか」

と、気を取り直すように手を叩いたのは琥珀だ。

すると絹と木綿がドロン！と現れ、吉乃の足にギュッとしがみついた。

「絹ちゃん、木綿くん？　今までどこに行ってたの？」

咲耶たちが来てからふたりの姿が見当たらなかったので、吉乃は不思議に思っていた。

「ううう、吉乃しゃまぁ。お会いしとうございました」

「恋敵の咲耶しゃまが帰られるまで、暗い仕置き部屋に閉じ込められていたのですぅ」

ふたりは以前、咲耶と吉乃に関することで揉めたので、琥珀に咲耶が帰るまで吉乃に近づくことを禁じられていたようだ。

「それで、大切な話とは……」

今度は白雪が気を取り直して琥珀とクモ婆に尋ねる。

「吉乃、あんたに関する話だよ」

「私に関する話、ですか？」

「ああ、あんたの水揚げをどうしようかって話でね。相手はまだ決まっていないが、時期は決まったから伝えておこうと思ってさ」

〝水揚げ〟とは、遊女が本格的に見世で客をとる前に、見世が決めた相手と遊女が床入りすることをいう。

ただしここで言う床入りとは、遊女が人ならざる者に口付けで自身の魂の味見をさせることだ。

「つまり水揚げでは、遊女が仕事として初めて、魂を人ならざる者に食べさせるというわけです」

帝都吉原内ではそれを、〝初魂(しょこん)の儀〟と言うらしい。

遊女として働きはじめる前に初魂の儀で口付けによる魂の味見を経験し、身体と心の準備を整えるというわけだ。

「時期は約一カ月後。相手は今探しているところだけど、まぁ水揚げまでに、あんたも心構えをしておきな」

そう言うとクモ婆は、ニイッと口角を上げて笑った。

(水揚げ……初魂の儀)

本格的に遊女として仕事をしていくためには必ず通らなければならない道だ。

それでも今、どうしても吉乃の脳裏には、咲耶の姿が過ってしまった。

「あ、あの。水揚げの相手に選ばれるのは、どういう方なんでしょうか？」

思い切って尋ねた吉乃は胸に手をあてる。着物の内側には今日も、咲耶から渡されたとんぼ玉を入れた巾着を首から下げていた。

「水揚げの相手に選ばれる基準は、まぁ、それなりに人の女と遊び慣れしてる奴ってところかねぇ」

「あとは、しっかりとした身分の方であるというところでしょうか」

「それって、たとえば咲耶様とかですか？」

また尋ねたのは白雪だ。驚いた吉乃は弾かれたように顔を上げて、白雪を見た。

「いえ、咲耶様は……神威の将官であられますし、本来であれば公正公平なお立場の方です。それにこれまで遊郭通いなどは一切されておりませんし、〝それなりに人の女性と遊び慣れしている〟という条件に合いませんので……」

「まぁそんなわけで、咲耶殿が吉乃の水揚げの相手になることはないね。だが、蛭沼のように危ない奴を選ぶことはないから安心しな」

そう言うとふたりは、吉乃を見て小さく頷く。

当の吉乃はまた複雑な気持ちになって、視線を足元に落としてしまった。

「それじゃあ、そういうことだから。これからも稽古に励みなよ」

そうしてふたりは吉乃に背を向け、来た道を戻ろうとした。

「あ、待ってください。実は私も、琥珀さんにお話し……というか、お願いしたいことがあったんです」

と、思いついたように口を開いた白雪が、ふたりを引き留めた。

突然の伺いに足を止めた琥珀とクモ婆は、再び踵を返して白雪を見る。

「お願いですか？」

「はい。実は、今日このあと、吉乃ちゃんと花街に出掛けたいと思って」

「吉乃さんと花街に、ですか？」

「吉乃ちゃん、ここに来てから一度も見世の外に出ていないじゃないですか。毎日お稽古や勉強を頑張っているのに、ずっと見世の中に篭りきりじゃあ心労が溜まるばかりです」

それは白雪なりの、吉乃への気遣いと励ましだった。

遊女たちはお勤め時間以外であれば、帝都吉原の敷地内、通称・花街へ出掛けることを許可されている。

花街では目抜き通りである仲之町通りを中心に、食事処や甘味処にカフェー、洋服店や宝石店、八百屋や魚屋、酒屋に本屋に雑貨店など多種多様な店が軒を連ねていた。

「それに今日は、出店も出ている日ですし」

固定店舗には帝都のものだけでなく、現世の商品が入荷されることも多い。

さらに出店の営業日には、現世の人気商品を安く購入することもでき、喜ばれた。

遊女たちは休憩時間を使って花街に繰り出すと、そこで買い物を楽しんだり、甘味を食べたりして日頃の疲れを癒やしているのだ。

しかし吉乃に限っては、大蜘蛛や蛭沼の件もあり、未だに花街へ出ることは許可されていなかった。

「花街を知ることも、帝都吉原を知ることに繋がるかなと思うんです」

「しかし、吉乃さんは……」

言いよどんだ琥珀は、チラリと吉乃の顔色をうかがう。

琥珀の言いたいことはわかっている。

吉乃は蛭沼の一件で惚れ涙の力が大々的に帝都吉原に住む者たちに知られるところとなり、心無い噂を囁かれるようになっていた。

『あんなに鈴音花魁にぞっこんだった蛭沼様が、惚れ涙を口にした途端に異能持ちの遊女に心変わりしたっていうじゃないか』

『自分の客にそんな力を使われたんじゃ、たまったもんじゃないよ。いつ太客を盗られるかわからない。異能持ちの遊女も、あわよくば蛭沼様を自分のものにしようと思って惚れ涙を飲ませたんじゃないのかい？』

あることないこと尾ひれをつけて広まった噂を、吉乃も耳にしたことがあった。

　加えて異能持ちの吉乃が紅天楼の外に出るというのは大きな危険を伴うため、琥珀も慎重になっているのだ。

「もちろん、吉乃ちゃんの事情もわかっています。でも、このままでは吉乃ちゃんは遊女でいる間はずっと、紅天楼から一歩も出られないってことになりますよね」

　けれど白雪は臆せずに言葉を続ける。

　ただでさえ心労が絶えない遊女の仕事だ。

　もしかしたら白雪は咲耶とのやり取りを見て、自分を心配して進言してくれたのかもしれないと吉乃は思った。

「散歩をして花街の空気を吸うだけでも、気分が変わると思いますし。琥珀さん、お願いします」

「ゆ、雪ちゃん、私は大丈夫だから！　午後もお稽古があるし、私のために雪ちゃんが頭を下げる必要なんて――」

「まぁ、気分転換に見世の外に出るくらいなら、大丈夫だろう」

　と、不意に口を開いたのはクモ婆だった。

「浮雲さん？　でも、吉乃さんは……」

「琥珀はあれこれ心配しすぎさ。確かに白雪の言う通り、このままじゃあ吉乃は心労が溜まる一方だ」

そう言うとクモ婆は、また吉乃を見てニイッと笑う。

「吉乃が咲耶殿のお気に入りであることは、帝都吉原内に今や公然の秘密として知れ渡っている。無計画に手を出す賊はいないはずだ。そもそも白雪の言う通り、遊女でいる間ずっと、紅天楼から出さずにいるのも無理な話さ」

白雪に続きクモ婆に説得された琥珀は、「うーん」と悩ましげに唸って眉根を寄せた。

「吉乃しゃまは！」

「花街に行ってみたいですか!?」

と、琥珀の代わりに口を開いたのは、今か今かと吉乃に話しかける機会をうかがっていた絹と木綿だった。

ハッとして目を瞬(またた)いた吉乃と琥珀は、思わずふたりに目を向けた。

「吉乃しゃまのしたいようになさるのがよろしいかと思います！」

絹と木綿は相変わらず吉乃に情熱的な目を向けているが、ふたりは今、一番の核心をついたと思う。

「わ、私は……」

正直に言うと、吉乃も花街に興味がないわけではなかった。

妓楼内の遊女たちが花街に出かけ、楽しい時間を過ごしてきたことを聞くと、羨ましいとも思っていた。

だが、琥珀が危惧（きぐ）しているように、大蜘蛛に襲われたときの恐怖や蛭沼の一件もある。

また同じように誰かに狙われたらと思うと不安にもなるし、噂話も気になるところ。

（でも……外出できるようになれば、咲耶さんのお屋敷にあった桜の木を、また見に行けるかもしれない）

それは、花街の外れにある鳥居をくぐった先。咲耶の屋敷のそばに植えられた桜の木のことだった。

なぜか懐かしさを感じてしまう、とても不思議な桜だ。

とんぼ玉さえ持っていれば吉乃ひとりでも鳥居をくぐれるし、咲耶は吉乃ならいつでも来ていいと言っていた。

（あの桜の木を見たら、胸に広がるばかりの靄が晴れるかもしれないし……）

「吉乃しゃま？」

「私は……私も、花街に行ってみたいです」

思い切って本音を口にする。

するとそれを聞いた琥珀は逡巡（しゅんじゅん）したのち、

「……わかりました。まぁ、いいでしょう」

と、短い息を吐きながら、吉乃の思いを尊重してくれた。

「ほ、本当にいいんですか？」

「おふたりの仰る通り、遊女でいる間ずっと見世の中にというわけにもいきませんし、吉乃さんの心の健康を考えたら仕方のないことです」

「わぁ！　やったね、吉乃ちゃん！」

「う、うんっ」

「ただし、吉乃さんが見世の外に出るときは、必ずふたり以上で行動することが条件です。申し訳ありませんが、吉乃さんひとりで外に出ることは許可できません。その約束だけは必ず守ってくださいね」

そうして無事に外出許可を得た吉乃は、午後の稽古がはじまるまでの間、白雪とふたりで花街へと出掛けることになった。

「吉乃ちゃん、無事に外出許可が下りて良かったね！」

その日、帝都吉原は若干の曇り空だった。

それでも出店が並ぶ花街は賑やかで、あちこちの見世の遊女が一時(いっとき)の余暇(よか)を楽しみに出てきていた。

「しかも、琥珀さんがお小遣いもくれたし。買いたいものや食べたいものがあれば、迷わず買おうね！　今日だけは贅沢しよう！」

そう言って吉乃の隣を歩く白雪は、心だけでなく足元も弾んでいる。

初めて花街へと繰り出した吉乃よりも、白雪の方が余程浮かれていて、吉乃はなんだかそれがおかしかった。

「あの……雪ちゃん。琥珀さんに外出のお願いをしてくれて、どうもありがとう」

改めて吉乃から礼をされた白雪は、ニッコリと微笑み返した。

「なに言ってるの。私たち、友達でしょ？」

「友達……？」

「そうだよ、友達！　友達のために一肌脱ぐのは当たり前。私も吉乃ちゃんとお出かけできて嬉しいもの」

屈託なく笑った白雪は、今日は髪を高い位置でひとつに結っていた。

対する吉乃は白雪の言葉に驚いて、思わずその場で足を止めて目を見張る。

（私と雪ちゃんが、友達……？）

吉乃の腰近くまで伸びた艶のある黒髪が、サラリと風に揺れる。

吉乃はまさか、白雪が自分のことを友達だと思ってくれているとは想像もしていなかった。

「吉乃ちゃん？　どうしたの？」

突然立ち止まった吉乃を不思議に思った白雪が、数歩先で足を止めて振り返る。

吉乃はドキドキと高鳴る鼓動の音を聞きながら下唇を噛みしめ、一度だけ小さく息を吸った。

「あ、ありがとう」

「え？」

「私のこと、友達って言ってくれて……。すごく、すごく嬉しい。ありがとう」

現世で吉乃は瞳の色が薄紅色で普通とは違っているという理由で、大人のみならず年齢の近い子たちからも敬遠されていた。

「あ、あの。前から聞きたかったんだけど、雪ちゃんは私の瞳の色を気味が悪いとは思わないの？」

思い切って吉乃は白雪に尋ねた。

吉乃は以前から白雪が自分に親切にしてくれることを不思議に思っていたのだ。

「異能まであるし、やっぱり普通じゃないし……」

けれど吉乃の問いに、白雪はキョトンとしてから、ふっと顔を綻ばせる。

「えー、全然思わないよ？　だって帝都では、普通じゃないことが普通でしょう？　壁に耳があったり障子に目があったりするんだもの。私はここでの暮らしが長いから、普通じゃないことが当たり前になっているのかも」

白雪は悪戯っぽく笑う。

対する吉乃は喉の奥が熱くなり、思うように声が出なくなってしまった。

「それに私は、吉乃ちゃんの瞳の色、すごく綺麗だと思うもの。だから私も、吉乃ちゃんと友達になれて嬉しいよ」

屈託なく笑う白雪が、吉乃はやっぱりまぶしかった。

同時に、胸の奥が熱くなる。

現世で友人と笑い合っている子たちを見る度に、吉乃は羨ましいとも思っていた。

自分にもいつか、そんなふうに笑い合える相手ができたらいいと——もうずっと前から憧れていたのだ。

「雪ちゃん、本当にありがとう」

そう言うと吉乃は深々と頭を下げた。

そうしてゆっくりと顔を上げる。

けれど次に目が合った白雪は、一瞬だけ眉根を寄せて切なげな顔をしたあと、バツが悪そうに吉乃から顔を逸らした。

「雪ちゃん……？」

「ば、馬鹿だなぁ、吉乃ちゃん。友達なんて、それこそ別に普通のことだよ。当たり前のことに、お礼なんて言わなくていいのに。もう、この話はこれでおしまいね！」

声が少し震えているのは、気のせいだろうか。

けれど「おしまい」と言われてしまったら、生真面目な吉乃はそれ以上聞くことができなかった。

「ねぇ、あっちにすごくハイカラな雑貨店があるの！　行ってみようよ！」

挙句、白雪は、すぐにいつも通りの明るさを取り戻した。

（雪ちゃんの様子が変わった気がしたのは、私の思い違いだったのかも……）

「帝都で有名な藝術家の神様が考案した小物とかを売ってるんだぁ」

「そ、そうなんだ。私も行ってみたい」

「うん！　行こう！」

吉乃は結局、白雪に問いかけた言葉を飲み込むと、再び白雪の隣に並んで歩き出した。

「はぁ。時間が経つのはあっという間だね。これ食べたら、もう見世に帰らなきゃ」

その後、花街にある店舗を一通り見て回った吉乃と白雪は、外出の締めに甘味処に立ち寄った。

吉乃はみたらし団子を。白雪は白玉ぜんざいを頼んで、今は店の裏に設置された席で堪能中だ。

「雪ちゃんがオススメしてくれたこのお団子、すっごく美味しいね」

「でしょでしょ？　私、昔からここのお団子が大好きなんだぁ。初めてこのお店に来たときは、鈴音姉さんと一緒だったの」

嬉しそうに話す白雪は、ぷるんとした白玉団子をぱくりと頬張った。

「雪ちゃんは、昔から鈴音さんに可愛がってもらっていたんだね」

「うん。鈴音姉さんは私の憧れだし、私は鈴音姉さんのおかげで今日までやってこられたから」

「そうなんだ……」

銀色に光る匙(さじ)を器に置いた白雪は、また先ほど見せたようにどこか切なげな笑みを浮かべる。

なにかを考え込んでいる白雪の様子に、吉乃はまた僅かに胸騒ぎを覚えた。

「雪ちゃん、あの……」

「ほら……さっき、〝私はここでの暮らしが長いから、普通じゃないことが当たり前になってる〟って言ったでしょう？」

「え……あ、う、うん」

「実は私、物心つく前に帝都吉原に売られてきたんだ」

「え？」

「今時はさ、吉乃ちゃんみたいにある程度の年齢になってから売られてくる子が多いけど、私の親は私をそこまで育てる余裕がなくて、さっさと売り飛ばしたみたいでね」

ぽつりぽつりと話しはじめた白雪は、白玉ぜんざいの入った器がかいた汗が流れ落ちるのを目で追いかけた。

「それで、たまたま運良く紅天楼に引き渡されて、琥珀さんや……クモ婆にも良くしてもらって、遊女になるための英才教育を受けてきたの」

以前、吉乃はクモ婆からも、『白雪はここでの暮らしが随分長いからね』と聞かされたことがある。

(でも、まさか、そんなに小さな頃からここにいたなんて)

白雪がすべての芸事に秀でているのは、そういう事情があったからなのだ。

吉乃と同い年でありながら、帝都や帝都吉原について詳しいのも頷ける。

「鈴音姉さんが十六のときに紅天楼に来て、そのとき私は九つで。ああ、この人は絶対、将来花魁になるってひと目見て思った。だって、あんなに綺麗で芯の強い人は、それまで出会ったことがなかったから」

その後、白雪の見立て通り鈴音は飛ぶ鳥を落とす勢いで二十一歳という若さで紅天楼のお職に上り詰めた。

当時十四歳だった白雪は鈴音に面倒を見てもらうようになり、今日まで本当の姉妹のようにやってきたのだという。

「私が遊女としてやっていけるか悩んでいたときも、鈴音姉さんは、あんたなら大丈夫だって言ってくれて、いつもそばで励ましてくれたの」

「雪ちゃんみたいにすごい子でも、悩むことがあるんだね」

「えー、当たり前だよ。ほら、今言った通り、私は小さい頃から帝都吉原にいたから、現世のことが全然わからなくって。でも、帝都に住む人ならざる者は、よく現世の話を聞きたがるの」

「そうなんだ……」

「人ならざる者は、人らしい人が好きっていうでしょ？　でも私は帝都育ちだから、遊女になったとしても、あくまで想像でしか現世のことを話せないし……。もしかしたらお客さんを喜ばせてあげられないかもしれないとか、色々考えちゃって」

そう言うと白雪は、困ったように笑った。

吉乃からすれば非の打ち所のないように見えた白雪にも、遊女として足りないところがあったのだ。

「だからね、私、いつか現世に行くのが夢なんだ」

そっと目を伏せた白雪は、白玉ぜんざいの器がかいた汗を指でなぞった。

綺麗な爪の上で光る透明な滴は、まるで白雪が流した涙のようにも見えた。

「雪ちゃんの夢、いつか叶うといいね」

「ふふっ、ありがとう。でも——本当はね、もうひとつ叶えたい夢があるんだけど、それはまた今度、話せるときに話すね」

別に叶えたい夢がある。吉乃は白雪のもうひとつの夢がなんなのか気になったが、無理に聞き出そうとも思わなかった。

（雪ちゃんがまた今度話してくれるっていうなら、そのときを待つべきだよね）

「ねぇ、吉乃ちゃんはさ。花魁になったら、自分の願いごとをひとつだけ叶えられるって話、知ってる？」

と、不意に話題を変えた白雪は、顎の下で手を組みながら吉乃を見つめた。

「花魁になるとね、帝都を統べる帝に、ひとつだけ願いを叶えてもらえるんだって。だからみんな、帝都吉原の頂点に君臨する花魁の座を狙っているの」

それこそまるで、夢みたいな話だと吉乃は思った。

（花魁になれば、願いごとをひとつ叶えられるなんて）

迷信じみている。

けれど吉乃を見る白雪の目は、真剣そのものだった。

「雪ちゃん、その話、本当——？」

「——あ、ごめん、吉乃ちゃん！　私、鈴音姉さんに買ってきてほしいって言われているものがあったんだ！　今、急いで買ってきてもいい!?」

　そのとき、唐突に焦った様子で吉乃の声を遮った白雪は、白玉ぜんざいは食べかけのままで席を立った。

「あ、それなら私も一緒に買いに……」

「ううん、吉乃ちゃんはゆっくりしてて。せっかくのお団子、食べちゃわないともったいないでしょう？　おつかいの品を買ったら、私もすぐに戻ってくるから」

　そうして白雪はそのまま吉乃に背を向けると、歩いてきた道を戻っていった。

（やっぱり雪ちゃんは優しいな。私がまだ食べている途中だからって、気を遣ってくれたんだ）

　でも、次からは迷惑をかけないように早く食べよう。

　串に残った団子のひとつを頬張った吉乃は、急いで顎を動かした。

（そう言えば、結局、特になにも起こらなかったなぁ）

　ふと宙を見上げた吉乃は、見世を出る前に琥珀に言われたことを思い出す。

『なにか少しでもおかしなことがあれば大声を出して助けを求めるか、なりふり構わず逃げてくださいね』

　琥珀はとても心配していたが、クモ婆の言う通り、特に大きな問題は起こらなかった。

噂話についても、そもそも吉乃の顔を知るものが少ないためか、直接耳に入ってくることはなかった。

（念のためにと思って、一応持ってきたけど……これも特に、必要なかったかな）

そんなことを考えながら、吉乃はそっと、自分の胸元に手をあてる。

着物の下にひっそりと忍ばせてつけてきたのは、咲耶からもらったとんぼ玉だ。

吉乃は咲耶に言われた通り、このとんぼ玉を約一カ月、巾着に入れて首から下げて持ち歩いているが、特にこれといった特別なことは起こっていない。

「別に、毎日つけていなくてもいいのかな」

そっと目を閉じた吉乃は、咲耶の顔を瞼の裏に思い浮かべる。

最近ではとんぼ玉を見る度に、吉乃は咲耶のことを思い出してしまい苦しくなるのだ。

（見世に帰ったら、常に持ち歩くのは止めよう）

御守りというなら、部屋に大切に保管しておけばいいだろう。

今後は今日のように見世の外に出るときだけ――鳥居をくぐって桜を見に行きたいと思ったときだけ持ち歩けばいい。

と、そう思った吉乃がゆっくりと目を開けると、

「見ぃぃいいつけたァ」

「え――」

突然、不気味な声が聞こえたと同時に目の前が真っ暗になった。

そのまま吉乃は意識を失って、その場で眠りについてしまった。


「ん……っ」

古臭い、カビの臭いが鼻を刺す。

次に吉乃が目を覚ましたときには、吉乃は見たこともない部屋の中にいた。

「ここ、は……？」

部屋と言っていいのかもわからないほど、狭い場所だ。

ささくれだった畳の上に吉乃は手を後ろで縛られた状態で寝転がっていて、身体を起こすのに時間がかかってしまった。

「よう。やっとお目覚めかい？」

そのとき、不意に声をかけられ吉乃はビクリと肩を揺らした。

「あ、あなたは……？」

起き上がった吉乃に声をかけたのは、部屋の片隅に片膝をついて座っていた遊女らしき女性だった。

しかし、紅天楼にいる遊女たちとは見た目に大きな違いがある。

化粧は唇に赤い紅をひいただけ。頬はこけ、髪は乱れていて、着ている服も酷くみすぼらしいもので、老婆のような成りをしていた。

「驚いただろう？　ここは帝都吉原の外れにある、切見世女郎の長屋さ」

「切見世女郎の長屋……？」

この一カ月、帝都吉原について学んだ吉乃はもちろん知っていた。

切見世女郎の長屋とは、帝都吉原内の数ある遊郭の中でも、最下級の遊女屋のことだ。

そこにいる遊女たちは常に劣悪な環境で働かされており、〝地獄〟を絵に描いたような場所だと白雪は言っていた。

（それに、切見世で働かされている遊女たちも、問題を抱えている人たちばかりだって……）

吉乃は帝都吉原に連れてこられたときに、もしかしたら自分も切見世に配属されるかもしれないと思っていた。

けれど実際に切見世で働かされる遊女は、現世でなにかしらかの罪を犯して帝都吉原に売られてきた者か、もしくは帝都吉原内で問題を起こした遊女が罰として連れていかれる場所なのだと教えられた。

つまり、切見世は牢屋のようなところらしい。

加えて、一度切見世に堕ちたが最後、生きて年季明けを迎えることはできないということも教わった。

「あんた、噂には聞いていたけど、私と同じ人間にしちゃあ、珍しい目の色をしているねぇ」

そう言ってニヤリと笑った女の口の中には、歯が一本もなかった。

思わずゾッと背筋を凍らせた吉乃は、冷たい息を呑んだ。

いつの間にか、喉がカラカラに渇いている。

女がこのような見た目になってしまったのも、切見世に訪れる低俗な妖たちにされる魂の味見が原因だと、吉乃は知っていたのだ。

『切見世に来るのは、金も権力もない低俗な妖たちばかりだ。奴らは別に、花嫁を探すために女の元に通うわけじゃない』

『女の魂が穢れていることを知っていながら、ただ、魂を喰らいたいがために見世に来る。そういう奴らに魂の味見をされ続けた人の女は、あっという間に魂が擦り減って、身体が朽ちてしまうのさ』

クモ婆から聞かされた話だ。

けれど実際にその惨状を目の当たりにするのが初めてだった吉乃にとって、今、目に映る光景はとても衝撃的なものだった。

ってねぇ」

「なんだぁ、震えているのかい？　そりゃあそうか、あんた、水揚げもまだなんだっ
てねぇ」

「な、なんであなたがそれを知って……」

「私も昔は、あんたと同じように綺麗な身体だったんだよォ？　それが気付いたら、
こんなことになっちまってさァ。アハハハハハ……」

言いながら女は這うようにして、吉乃に近づいてきた。

冬だというのに、女は麻の薄い着物を一枚羽織っているだけ。

鼻を刺すような臭いは、女がまとっている香の臭いか体臭か。

吉乃は必死に後退った（あとずさった）が、唯一の逃げ道である扉は女の後ろで、走って逃げように
も部屋が狭いので、女を飛び越えていかなければならなかった。

「ああ、いいねぇ。私もできるなら、もう一度綺麗な身体に戻りたいよ」

顔の前まで伸びてきた女の手には爪もなかった。

ヒュッと喉が冷たくなって、吉乃はあまりの恐怖に声を出すこともできなかった。

「おお、なんだ、目が覚めたのかよ」

そのときだ。勢い良く部屋の扉が開いた。

ハッとして顔を上げた吉乃は、そこに立つ者を見て、今度こそ顔色を青くした。

「なんだ、目覚めて早速、逃げようとしてんのか。お前、ちゃんと見張ってたのかよ」

ひょろりとした体型の男はそう言うと、遊女の髪を無造作に掴み上げた。

「痛いっ」と遊女は声を上げたが、男は意にも介さない。

男は一見、人のように見えなくもないが、足も腕も肉のない骨が剥き出しの状態で、まるで骨標本の人形が動いているようだった。

「がしゃ髑髏（どくろ）の旦那に言われた通り、ちゃんと見張ってたわよォ！」

「ならいいが、逃したらお前を殺していたところだ。なんと言ってもコイツは上玉だからなァ」

男はそう言うと、吉乃を見て厭らしい笑みを浮かべる。

〝がしゃ髑髏〟と言えば、巨大な髑髏の形をした妖だ。

人を喰らう、とても恐ろしい妖だと、帝都吉原に来てから手にした文献で読んだことがあった。

「さぁて、早速だが。おい、女」

「わ、私ですか？」

「そうだ。お前以外に誰がいる。俺はお前に頼みたいことがあって、ここまで連れてきたんだよ」

「頼みたいこと……？」

思わず吉乃は眉根を寄せた。

対するがしゃ髑髏は、またニヤリと不気味に笑って吉乃を見やる。

「あんたの涙を俺たちにくれないか？　あんたの涙には、惚れ薬の効果があるんだろう？」

「頼むよ〜。私は、この地獄みたいなところから抜け出したいんだ。がしゃ髑髏の旦那も、惚れ涙がありゃあ、もっと出世できるってさァ」

ニュッと伸びてきた骸骨の腕が、吉乃の二の腕を強く掴んだ。

「い、痛い……っ、離して！」

剥き出しの骨が着物越しに、吉乃の柔肌に食い込む。

痛みで顔を歪めた吉乃を見て、がしゃ髑髏はカタカタと骨を鳴らして笑った。

「なぁ、いいだろう？　涙をちょいと流してくれるだけでいいんだ。——あいつに渡しちまう前にさ」

（あいつ……？）

どういうことだろう。

吉乃は疑問に思ったが、今は痛みと恐怖が勝って、深く考える余裕はなかった。

がしゃ髑髏が吉乃に食い下がる。

「なぁ、ほら、頼むよ」

吉乃は下唇を噛んで必死に恐怖を押し込めると、目の前の化け物を見て口を開いた。

「涙を、渡すことはできません」

「なんだとォ？」

「私の涙をほしがるということは、蛭沼様との一件についての噂を聞いてのことだと思いますが――」

精いっぱいの勇気を振り絞り、吉乃はがしゃ髑髏を見た。

思い出すのは惚れ涙を口にした途端、豹変した蛭沼の姿だ。

『元々、蛭沼様は執着心の強いお方でした。だから惚れ涙を口にして、それまで理性で抑えていたタガが外れてしまい、本能の赴くままに吉乃さんを欲したのだと思われます』

あのあと琥珀は吉乃に、そう蛭沼の変貌の推測を説明した。

（惚れ涙を飲んだ人は私に魅了されてしまうだけでなく、元々持っていた心の本質を暴かれてしまう――）

人の心を操るだけでなく、本能まで暴いてしまう、恐ろしい力だ。

蛭沼の一件以来、吉乃は惚れ涙は安易に使ってはいけないものだということを確信していた。

「だから、今、私の涙をあなたに渡すことはできません」

「はっ！　だったら無理矢理、涙を流させるしかないな！」

自分に従おうとしない吉乃の返答に逆上したがしゃ髑髏は、力いっぱい吉乃の腕を捻り上げた。

「う……っ！」

あまりの痛みに吉乃は顔を歪ませ、短い悲鳴を上げる。

「ハハッ、人の女のくせに、俺に逆らうからだ。なんでも神威の頭の気に入りだなんて言われているらしいが、それも嘘なんじゃねぇかぁ？」

「アハハッ！　確かに神威の頭ほどのお方なら、こんなちんけな女じゃなくて、鈴音花魁みたいな女がお似合いだものねぇ！」

後ろにひっくり返ってケラケラと笑い出した遊女の言葉に、吉乃はまた胸の中の靄が大きくなるのを感じた。

（鈴音さん……。こういうとき、鈴音さんならどうするだろう）

がしゃ髑髏は吉乃の腕を離してくれそうにない。

それどころか掴まれている腕の痛みは増す一方で、気を抜けば意識が遠のいてしまいそうだ。

「ほら、このままじゃあ本当に腕が千切れちまうぜぇ」

「ヒーッ、ヒッヒッヒッ！　泣いちまえば楽になれるのにねェ」

「涙は女の武器なんだろう？」

「そうそう、女は泣いて男に縋る生き物なんだよォ」

けれど、遊女が口にした言葉に、遠退きかけていた意識が戻ってきた。

それと同時にまた悔しさが、吉乃の胸に小さく芽吹く。

――女は泣いて、男に縋る生き物？

それはこの一カ月、吉乃が教えられてきたこととは真逆の考え方だった。

『いい？　吉乃。遊女は男に絶対に屈しない。相手の思い通りになったら負けよ。常に気高くいようと思う心を持ちなさい』

ふと脳裏を過ったのは、鈴音の言葉だ。

（ああ、そうだ。鈴音さんなら、こういうとき――）

絶対に泣かない。泣くわけない。

このふたりにどんなに痛めつけられようとも絶対に泣いたりしない。

吉乃の中に芽吹いた想いは深く根を張り、折れかけていた心を立て直した。

「私は……っ、泣きません！」

「あー、まだ言うかよ。もう面倒くせえから、一本くらい腕を折っちまっていいかァ」

歯を食いしばる吉乃を前に、がしゃ髑髏はそう言って、さらに吉乃の腕を掴む手に力を込めた。

（絶対に負けない！）

そうして吉乃が覚悟を決めて、強く瞼を閉じたとき——。

「な、なんだァ!?」

突然、吉乃の胸元から眩い光が放たれ、掴まれていた腕が解放された。

「とんぼ……玉?」

光の色は、薄紅色だ。

首から下げていたとんぼ玉のことを思い出した吉乃は心の中で、

(咲耶さん?)

と、その名を無意識のうちに呼んでいた。

「な、なんだこの光は！　お前、なにを隠し持って——」

「——やれやれ、随分と息苦しいところだな」

直後、まるで吉乃の想いに応えるかのように、光の中から咲耶が現れた。

思いもよらない出来事に吉乃は驚いて、瞬きを繰り返す。

「さ、咲耶、さん?」

本物か、幻か。混乱している吉乃を振り返った咲耶は、吉乃を見て切なげに眉根を寄せて息を吐いた。

「俺を呼ぶ、愛しい声が聞こえた」

「え……」

「吉乃、ようやく俺をその瞳に映してくれたな。あの日からずっと……俺が吉乃を想わない日はなかった」

〝あの日〟とは、蛭沼の一件のあった日のことだ。

そこまで言うと咲耶は神術で吉乃の腕を縛っていた紐を切ったあと、吉乃から視線を外して、がしゃ髑髏に向き直った。

「さて、愛しい花嫁との時間を持ちたいところだが、その前に片付けなければならないことがあるようだ」

そう言った軍服姿の咲耶は、がしゃ髑髏と切見世長屋の遊女を冷ややかに見下ろした。

「言い訳のしようもない状況だが、どうするつもりだ？」

「ひ、ヒィッ！　お許しを！　ほんの出来心だったんです……！　俺はこんなこと、するつもりはなくて！」

とても通用しない言い訳だ。

ちらりと視線だけで吉乃を振り返った咲耶はあるところで目を留め、片眉を持ち上げた。

「吉乃、その腕はあいつにやられたのか？」

咲耶が見たのは今の今まで掴まれていた吉乃の腕だ。

着物の肩の部分は裂け、間から見えた腕にはくっきりと手の痕が残っていた。

「え……あ……は、はい」

「そうか。随分と力任せに掴まれたな。痛かっただろう」

着物が裂けるほどだ。

吉乃は慌ててはだけた着物を手繰り寄せると、傷のついた腕を隠した。

「だ、大丈夫です。骨が折れたわけではないので」

咲耶に指摘されるまで腕の傷には気づかなかった。

その様子を見た咲耶の瞳は、吉乃が気づかぬうちに燃えるような紅に色を変えた。

「——貴様はここが生ぬるいと思えるような、本物の地獄へ堕としてやろう」

次の瞬間、もう一度がしゃ髑髏に向き直った咲耶がなにかを唱えはじめる。

「ギャアアアア!!」

すると、がしゃ髑髏の足元に黒い沼のようなものが現れ、がしゃ髑髏の身体がズブズブと沼の中に沈んでいった。

「がしゃ髑髏の旦那ァ!」

切見世長屋の遊女が手を伸ばして悲鳴を上げた。

けれど、トプン!とすべてが飲み込まれた音がして、がしゃ髑髏はあっという間に沼の中に消えてしまった。

断末魔さえ聞こえなくなった部屋の中は静かで、吉乃はまだなにが起きたのかわからず、呆然と黒い沼があった場所を眺めていた。

あまりに一瞬の出来事だった。

同時に咲耶の紅色に変わった瞳は、元の黒に戻っていた。

「さて、お前も同じ地獄に堕ちるか？」

次に咲耶が声をかけたのは遊女だ。

ガタガタと震えていた遊女は慌てて咲耶に土下座をすると、涙を溢した。

「ど、どうかお許しくださいっ。私は、唆(そそのか)されただけなのです！　私にとって、ここより地獄に思える場所などありません！　どうか、どうか、お願いです！」

女は畳に何度も額を擦りつけた。

その様子を見ていた吉乃の胸は、酷く痛んだ。

(さっきは、あんなに笑い転げていたのに……)

今は遊女の身体がとても小さく見える。いや、最初から小さかったのかもしれない。よく見れば手脚はがしゃ髑髏ほどではないにせよ痩せこけていて、あちこちが骨ばっていた。

「地獄にいたいのなら、別に本当の地獄に堕とされても構わないだろう？」

しかし、咲耶は遊女の言葉には一切聞く耳を持たず、そう言うと人差し指を立て、またなにかを唱えはじめた。

「待ってください……！」

そんな咲耶を、吉乃は慌てて止めた。

咲耶は振り返ると、不思議そうに首を傾げる。

「どうした、これからこの女にも相応の制裁を加えるから少し待っていろ」

「も、もう十分です。この人のことまで、黒い沼に堕とさないでください……っ」

吉乃には、黒い沼がどこに繋がっているかなど、皆目見当もつかない。

しかし咲耶が地獄に堕ちるというなら、きっとあの沼は恐ろしい場所に繋がっているのは間違いないだろう。

「とにかく、もういいですから。早く、ここから出ましょう。お願いします！」

吉乃の懇願に、咲耶は一瞬だけ考え込む様子を見せたあと、立てていた人差し指を静かに下ろした。

「吉乃が嫌だと言うなら、今は止めておこう。――ただし、女。また吉乃に害をなすようなことがあれば、そのときは容赦しない。肝に銘じておけ」

背筋がゾッとするほど冷たい声で言い放った咲耶は、女を一瞥したあと吉乃の前に跪いた。

「さぁ、行くぞ」

そうして咲耶は大蜘蛛のときと同じように吉乃を抱きかかえ、切見世長屋をあとにした。

外に出た咲耶は吉乃を連れて、例の鳥居の前まで運んだ。

そして鳥居をくぐると歩を進め、桜の木の下で足を止める。

「腕は痛むか？」

満開の桜の木の下に吉乃を下ろした咲耶は、着物が破れた腕の部分を見て痛ましげに眉根を寄せた。

「大丈夫です。傷はそのうち治ると思いますし」

吉乃が視線を下に落としたまま答えると、咲耶は短い息を吐く。

「見せてみろ」

「え……」

「あの低級妖の邪気が残っている。祓(はら)ってやろう」

「祓う――？」

そう言った咲耶は着物を押さえていた吉乃の手を優しく掴んで避けると、がしゃ髑髏の赤い手痕がついた場所に手のひらをかざした。

（え――）

次の瞬間、桜の木が揺れ、吉乃と咲耶の身体が桜吹雪に包まれる。

神秘的な光景に吉乃が目を奪われていると、そばにいた咲耶が再び静かに口を開いた。

「これで大丈夫だとは思うが、痛みはどうだ?」

「あ……」

改めて尋ねられたときには、赤い手痕はすっかり消え、傷も綺麗になっていた。ヒリヒリとした痛みももう感じない上、破れた着物も元通りだ。

不思議に思った吉乃が咲耶を見上げると、咲耶は吉乃を見つめてようやく柔らかな笑みを浮かべた。

「今、神力で傷を癒した。残っていた邪気もすべて祓ったから、もう平気だ」

咲耶の大きな手が、吉乃の髪を優しく撫でる。

咲耶の言葉を聞いた吉乃の胸は、また苦しいくらいに締め付けられた。

「助けに来るのが遅くなってすまなかった。怖い思いをさせたな」

銀色の光をまとった薄紅色の髪が風に揺れる。

美しい咲耶に目を奪われた吉乃は咲耶と数秒見つめ合っていたが、ハッと我に返ると慌てて咲耶から目を逸らした。

(結局また、咲耶さんに助けられてしまった……)

蛭沼のときに悔しい思いをして、自分の足で歩こうと決めたばかりなのに。

気がつけばまた、咲耶に抱きかかえられていた。

「吉乃？」

自分から目を逸らした吉乃を、咲耶は片膝をついたまま怪訝そうに見下ろしている。

（悔しい、情けない。でも——）

咲耶に見つめられると、どうしようもなくドキドキしてしまう。

「さ、咲耶さんは、どうして私があそこにいるとわかったのですか？　突然現れたのも、今の怪我を治してくださったのと同じで、なにか特別な力を使ったのですか？」

自分の気持ちを誤魔化すように尋ねた吉乃は、小さく息を吐いてからゆっくりと咲耶を見上げた。

すると咲耶はそっと目を細めたあと、スッと吉乃の胸元を指さした。

「お前が首から下げているとんぼ玉が、俺を呼んだんだ」

「とんぼ玉が？」

「ああ。それには俺の神力を込めてある。吉乃になにかあれば、俺に知らせが来るようになっていた」

そう言われて吉乃は首から下げて着物の下に忍ばせていた、とんぼ玉の入った小さな巾着袋を取り出した。

「簡単に攫われてしまうような状況下に身を置いたのは、決して褒められることではないが、肌見離さず持っていろという命を守ったのは偉かったな」

咲耶は優しい目で吉乃を見ている。

対する吉乃は、しゅんと肩を落としてしまった。

まさか、とんぼ玉にそんな力があったとは驚きだ。

改めて吉乃は、咲耶の言いつけをこれからも守ることを心に誓った。

「しかし、これに懲りたら、これからはもっと自覚を持った行動をするべきだな」

「はい……本当にすみませんでした」

小さくなった吉乃を見て、咲耶がまた短い息を吐く。

「あ、あの。それで、雪ちゃんは、大丈夫ですか？」

「……雪？　ああ、そう言えば紅天楼の白雪という遊女から、吉乃がいなくなったとの報告が入ったと、先ほど隊士の式神が知らせに来たな」

つまり、白雪は無事ということだろう。

ホッと胸を撫で下ろした吉乃は、もう一度咲耶に「ご迷惑をおかけしてすみませんでした」と告げて頭を下げた。

「今回も大事に至らずに済んだ。だからもう謝るな」

何度も頭を下げる吉乃を前に、咲耶はそう言うと再び優しく頭を撫でた。

そして今度は長い溜め息をついてから、どこか恨めしそうに吉乃を見る。

「それよりも俺は、吉乃に言いたいことがある」

「言いたいこと、ですか？」

「ああ。蛭沼の一件が終わったあとだけでなく、今日、紅天楼で会ったときもそうだったが、どうして俺の方を見ようとしなかった」

思いもよらぬ問いに、吉乃はぎくりとして目を見開いた。

「そ、それは……」

「なにか吉乃の気に障るようなことをしたかと考えたのだが、思い当たらなかった」

そう言った咲耶は、どこか拗ねたような表情をしていた。

咲耶は吉乃が自分と目を合わせなかったことを、思いの外、気に病んでいたらしい。

まさか咲耶がそんなことを気にしているとは思わなかった吉乃は、意外そうに咲耶を見た。

「咲耶さんでも、そういう顔をするんですね……」

「そういうお前はこちらの気も知らず、呑気なものだな。……それで、なにを怒っていたんだ。理由を言うまで、俺はお前を紅天楼に帰す気はないからな」

咲耶は本気だ。

吉乃はなにを言えばいいのか悩んだあと、長いまつ毛を静かに伏せた。

「わ、私は怒っていたわけではなく、悔しかったのです」

「……はい。蛭沼様の一件のときになにもできなくて。ただ、咲耶さんに守られるだけの自分が嫌でした」

そういう意味では、吉乃は自分に対して怒っていたのかもしれない。

「だがあの件については、予めお前に計画を知らせるのはお前の負担になると思って言わなかったと説明しただろう?」

「はい。だから悔しいのは計画を知らされていなかったことではなくて……」

「では、なんだというのだ」

「……咲耶さんが、鈴音さんを信頼しているんだなと思ったから」

「俺が、鈴音を信頼している?」

「だって、信頼しているから鈴音さんに協力を要請したのでしょう? そして鈴音さんは見事に咲耶さんの期待に応えました。ふたりはすごくお似合いに見えたのです。でも私は遊女として、なにもできないどころか咲耶さんに守られるだけで……。それが、すごく悔しかったんです」

最後は強く言い放つような形になった。

けれど、一気に喋ったせいで息を上げている吉乃を、今度は咲耶が意外そうに見つめていた。

「悔しかった?」

「それに、咲耶さんが私を護ると言ったのも、私が異能持ちの遊女で厳しい管理が必要だからという理由なんだと思ったら、なぜか悶々としてしまって……」

咲耶は神威の将官なのだから当然のことをしているまでだ。

それでもどうしても、吉乃はそのことを考えると暗い気持ちになった。

「だから私は――」

「……つまり、妬いたということか」

「へ？」

「俺が鈴音を頼ったのが、吉乃は気に食わなかった。ということはつまり、そういうことだろう？」

今度は吉乃がキョトンとする番だった。

しかしすぐに質問の意味を理解して、カッ！と頬を赤らめる。

「ど、どうしてそういう話になるんですか！　私はただ、鈴音さんがあまりに遊女としても女性としても格好良くて、なにもできなかった自分と比べてしまって悔しかったという話を――」

「へぇ、そうか。吉乃は妬いていたから俺に素っ気ない態度をとったのか」

「わ、私の話、聞いてますか!?」

真っ赤な顔で怒る吉乃に対して、咲耶はすっかり上機嫌になっている。

「ハハ、そうか。お前に妬かれるのは気分がいいな」

「だ、だから……っ」

「俺がお前を護ると言った件に関しても、吉乃は俺が神威の将官の責務として護るという意味で言ったのだと考えて、悶々としていた。だが、その話を聞いた俺はとても気分が良い」

　咲耶は言葉の通り、本当に気分が良さそうだ。

　反対に吉乃は、恥ずかしいやら悔しいやら、とても複雑な気持ちになった。

「俺は、俺ばかりが吉乃を花嫁にしたがっているのかと思っていたが……。吉乃も少しは、俺を男として意識してくれていたということだろう？」

　咲耶の黒曜石のような美しい瞳は、真っすぐに吉乃だけを見つめている。

　吉乃の髪を梳いた咲耶の手は、とても優しく温かかった。

「しかし、これではまた吉乃の機嫌を損ねてしまいそうだな。とりあえず、ひとつ誤解を解くなら、俺は任務としてお前を護ると言ったわけではないからな」

「え……」

　そのとき、再び風が吹いて、桜吹雪がふたりを包み込んだ。

　薄紅色に染まる美しい世界には今、吉乃と咲耶のふたりきりだ。

「今のは、一体どういう意味ですか……？」

「俺はひとりの男として、吉乃を護りたいと思っているということだ。それに、後にも先にも、俺の花嫁となりうるのは吉乃だけだから安心しろ」

（ひとりの男としてって——）

「確かに蛭沼の件は鈴音の客ということもあり、神威の将官として鈴音に協力を要請した。しかし、俺が男として欲する女性は吉乃だけだ。絶対にな」

桜の木と同じく、吉乃の胸がまた小さくざわめく。

吉乃を見つめる咲耶の目は情愛に満ちていて、逸らすことができなかった。

「ふっ。そうか。嬉しいと、こんなにも気持ちが高揚（こうよう）するのだな。初めての経験だ」

そう言う咲耶は、これまでに見たこともないくらいの無邪気な笑みを浮かべていた。

「やはり、俺をこんな気持ちにさせてくれるのは花嫁である吉乃だけだ」

咲耶は、なぜそこまで吉乃を花嫁だと言い切り、情熱的な言葉をくれるのか。

人ならざる者にしか感じられないという波長がそう判断させると言われてしまえばそれまでだが、咲耶からは吉乃に対するもっと別の強い想いのようなものを、吉乃は感じていた。

「今、この瞬間（とき）だけは、吉乃は確かに俺だけのものだ——」

言いながら、咲耶が吉乃の髪を優しく撫でる。

と、そのとき、咲耶の薄紅色の髪に桜の花びらが落ちてきたと思ったら、それは小さく光って、咲耶の髪に吸い込まれた。

「い、今、桜の花びらが咲耶さんの髪に――！」

「……ああ。この桜は帝都吉原を守る神木なんだ。不思議な力があってもおかしくはないだろう？」

言いながら咲耶は落ちてきた桜の花びらを捕まえ、柔らかに目を細めた。

不思議な力がある――そう言われると、吉乃はそれ以上のことを尋ねられなくなってしまう。

「吉乃には、桜の花がよく似合うな」

桜の花を手にした咲耶は、吉乃の前髪の横にそっとさした。

吉乃の胸は今、早鐘を打つように高鳴っている。

さらに捕まえた花びらを吉乃の手のひらにのせた咲耶は、その手に自身の手を優しく重ね合わせた。

「案外、地獄で長生きするのも悪くないな」

「え？」

「この桜も今、俺と同じ気持ちでいることだろう」

そう言って柔らかに微笑む咲耶は、とても満ち足りた表情(かお)をしていた。

吉乃は咲耶の言葉の真意が掴めなかったが、咲耶の笑顔を見ていたら多くを尋ねる気にはなれなかった。

（こんなに嬉しそうにしている咲耶さんに、水を差したくないというか……）

「吉乃、今の俺の答えで納得してくれたか？」

しかし改めて尋ねられると、また胸がくすぐったい気持ちになる。

「さ、咲耶さんの気持ちはよくわかりました。でも……鈴音さんが、咲耶さんの花嫁に志願された場合はどうですか？」

「鈴音が俺の花嫁に？」

「……はい。だって、咲耶さんは蛭沼様の一件のお礼に、鈴音さんの座敷に上がるかもしれません。そうなったら鈴音さんの魅力に気付いて、心が揺れてしまうかもしれないです」

今度は吉乃が唇を尖らせた。

『残念ですが、色恋沙汰に〝絶対〟はないでしょう？』

それは鈴音が蛭沼に対して告げた言葉だが、あのとき鈴音は咲耶と吉乃を揶揄して言ったようにも思えた。

「鈴音さんに誘惑されたら咲耶さんだって、心変わりしてしまうかも」

と、吉乃のその言葉を聞いた咲耶は、

「吉乃は、帝都吉原の遊女たちがどのようにしてここにやってくるか知っているか？」

不意にそう言うと、まつ毛を伏せていた吉乃の顔を覗き込んだ。

「遊女は、吉乃のように売られてきた者も多いが、自ら志願して来た者も多くいる」

帝都吉原の大門をくぐる女たちには、二通りの人間がいる。

ひとつは吉乃のように、自分の意にそぐわぬ形で売られてきた女。

そしてもうひとつは、自ら望んで遊女という道を選んだ女だ。

一時代前までは前者が一般的であったが、元号を大正に改めた現在では後者も珍しくなくなっている——という話は、以前に吉乃も聞いたことがあった。

「理由は、人ならざる者の花嫁となり、絶大な権力に護られながら裕福な暮らしをしたいと望む人の女が増えたためだ」

帝都吉原にやってくる妖や神の中には、現世政府の中枢にも手が届くほどの強い力を持つ者もいる。

彼らは帝都内でも権威ある立場の者ばかりで、見目麗しい容姿をしている者も多かった。

「彼らに身請けされれば、現世にいるよりも、心満たされる可能性があるということなのだろう。そして、紅天楼のお職を務めている鈴音も自ら志願してここにやってきた女のひとりだ」

「え……鈴音さんが？」

「ああ。以前、琥珀から聞いたことがある。鈴音がなぜ、自ら望んで帝都吉原に足を踏み入れたのか、明確な理由まではわからないがな」

初耳だ。まさか鈴音が自ら望んで遊女になったとは知らなかった。

「だが現に、そうしてここへやってきて、帝都吉原一の大見世のお職にまで上り詰めたのだから大したものだ」

「じゃ、じゃあ、やっぱり鈴音さんは咲耶さんと……」

「それはどうかな。鈴音ほどの女なら俺に拘らずとも、帝すら堕としにかかりそうな気もするが」

フッと口角を上げた咲耶は、形の良い目を僅かに細めた。

（帝すら……。確かに、鈴音さんなら有り得る話かもしれない）

と、そこまで考えた吉乃はあることを思い出した。

『花魁になるとね、帝都政府を統べる帝に、ひとつだけ願いを叶えてもらえるんだって。だからみんな、帝都吉原の頂点に君臨する花魁の座を狙ってるの』

「そ、そう言えば……」

「うん？」

「花魁になったら、帝にひとつだけ願いを叶えてもらえるというのは本当なのでしょうか？」

徐に口を開いた吉乃を見て、咲耶がそっと目を細める。

「す、すみません。そんな話を小耳に挟んだので……。もちろん、迷信なのかとも思いますが」

そこまで言うと吉乃は、お腹の前でギュッと手を握りしめた。

よくよく考えてみればおかしな話だ。

花魁になったらひとつ願いを叶えられるというのなら、既に鈴音には、願いを叶えられる権利があるということになる。

「その話は迷信ではなく、本当の話だ」

「え？」

「ただし、他者の心を手中に収めるといった願いは叶えられないと聞く。だからこそ、他者の心を魅了する力を持つ吉乃の惚れ涙は狙われるのだ」

予想外の返事に驚いた吉乃は、返す言葉を失った。

（本当だったんだ……）

花魁になれば、ひとつだけ願いが叶う。

嘘みたいな話だけれど、咲耶が本当だと言うのなら、疑う余地はない気がした。

「なんだ、以前はあんなに怯えていたのに、今はお職を目指しているのか？」

「へ？」

「俺としては、いい気はしないが……。吉乃が望むのならば、それも仕方がないのかもしれないな」

そう言うと咲耶は吉乃の長い髪をすくって、指で遊んだ。

しかし、その顔はまた心なしか拗ねているようにも見える。

思わず吉乃の頬が赤く染まったのは、耐えがたい羞恥心に駆られたからだ。

「ま、まさか！　私が花魁になど、なれるわけがありません！」

鈴音は誰が見ても目を奪われる、美貌の持ち主だ。

白雪も言っていた通り、花魁になるべくしてなったような女性。

知識も豊富で、芸事にも秀でている。どう足掻いても自分が鈴音ほどの遊女になれるはずもないのに、今の言葉で自分が花魁を目指していると思われたのだと考えると、吉乃は恥ずかしくなった。

「私のような女が紅天楼にいることすら、恐れ多いですから」

「恐れ多い、か。吉乃、お前にひとつ良いことを教えてやろう」

「良いこと……？」

「ああ。ここでは、下を向いてばかりいては、決して高みは目指せない。帝都吉原では背筋を伸ばし、凛として歩く者こそが〝美しい〟んだ」

光に透けた銀色の髪が、薄紅色に濃く染まる。

背の高い咲耶を見上げると自然と背筋が伸びて顎が上がり、いつもよりも胸を張れるような気がした。

「俺はお前が遊女になるのは嫌なのに、そうして背筋を伸ばして歩く姿を見たいような気もする」

「私が、遊女として背筋を伸ばして歩く……」

「まぁ、矛盾しているがな。──大丈夫だ。吉乃は見目が可愛らしいだけでなく、魂がとても清らかだ。なんと言っても、俺の花嫁だしな」

また咲耶は吉乃のことを『俺の花嫁』だと言った。

(咲耶さんは遊女になった私の身請けも、考えているということなのかな……?)

「あ、あの、咲耶さん」

「どうした?」

「いえ……やっぱり、なんでもありません。大丈夫です」

吉乃は咄嗟に言いかけた言葉を飲み込んだ。

なんとなく、咲耶に尋ねるのが怖かったのだ。

「大丈夫ならいいが、なにかあればいつでも言えよ? また素っ気ない態度をとられたら堪らないからな」

「は、はい」

「わかればいい。では名残惜しいが、そろそろ帰るとするか。紅天楼まで送ってやろう」

そうして咲耶は吉乃の手をとると、またなにかを唱えはじめた。

そうすれば吉乃と咲耶の身体が薄紅色の光に包まれ、宙に浮いた。

「あ……」

気がつくと吉乃は紅天楼の前にいた。

「よ、吉乃しゃまぁ！」

「ご無事でなによりでございますぅ！」

紅天楼に帰ると、楼主の琥珀と絹に木綿、白雪とクモ婆が、吉乃の無事を喜んだ。

吉乃が「ご心配をおかけしてすみません」と謝ると、ことの経緯を咲耶が説明してくれる。

「神威を通して後々正式な報告をするが、切見世長屋の遊女と、がしゃ髑髏に連れ去られていた」

「切見世長屋の遊女と、がしゃ髑髏に？」

聞き返したのは琥珀だ。

琥珀は眉間にシワを寄せ、表情に怒りを滲ませた。

「先ほど部下には式神を飛ばし、遊女から詳しい話を聞くようにと伝えてある」

「え……。その場で粛清はなさらなかったので？」

「ああ、がしゃ髑髏の方は消したが、遊女に関しては吉乃が望まなかったため処分を保留にして生かしてある」

　咲耶の返事を聞いたクモ婆は、なにやら深刻そうな顔で俯いた。

「それと、お前は白雪と言ったか。お前のところにも後ほど、吉乃が攫われたときの状況を聞き取りに神威の者が来ることになっているから応じるように」

　咲耶から指示を受けた白雪は、不安なのか泣きそうな顔をしてクモ婆を見やった。

「雪ちゃん、ごめんね……」

「え？」

「私が連れ去られたりしたから、雪ちゃんまで大変なことに巻き込んでしまって。せっかくの外出も台無しにして、本当にごめんなさい」

　そして吉乃はそう言うと、白雪だけでなく紅天楼の面々にもう一度頭を下げた。

「私、もう二度とこんなことがないように気をつけます」

「よ、吉乃ちゃんが悪いんじゃない！」

「え……」

「私が吉乃ちゃんから離れたのが悪いの！　琥珀さんにも気をつけるように言われていたのに……。だから吉乃ちゃんはもう謝らないで！　本当にごめんなさい！」

次の瞬間、吉乃は駆け寄ってきた白雪に力強く抱きしめられた。

白雪がまとう香の臭いが鼻をかすめる。

(あれ？　どこかでこの臭いを嗅いだような気が……)

鼻を刺すような臭い。

一瞬脳裏に疑問が過ったが、吉乃は自分を抱きしめる白雪の身体が震えていることに気がついて、我に返った。

「吉乃ちゃんが無事で本当に良かった！　吉乃ちゃんになにかあったらどうしようって、私、ずっとずっと心配で」

「雪ちゃん……」

白雪は自分が吉乃から離れたせいで今回の事件が起きたのだと、自分自身を強く責めている。

吉乃は白雪の身体を離すと、涙で濡れた白雪の目を真っすぐに見つめ返した。

「雪ちゃんのせいじゃない。私がぼんやりしていたのが悪いの」

「吉乃ちゃん……」

「それに雪ちゃんが、私がいなくなったって琥珀さんに知らせてくれたんでしょう？

本当にありがとう」

これ以上、白雪が自分のことを責めないように。

白雪が責任を感じることのないようにと願いながら、吉乃は精いっぱい丁寧に言葉を紡いだ。

「それにしても吉乃、あんた本当によく無事で帰ってきてくれたね」

ふたりの様子を見計らって声をかけたのはクモ婆だ。

吉乃は慌ててクモ婆に向き直ると、今回無事に帰ってこられた理由を話した。

「実は、咲耶さんから御守りにと、とんぼ玉を持たされていたのです」

「とんぼ玉を？」

「はい。とんぼ玉を入れた小さな巾着を、こっそりと首から下げて着物の下に忍ばせて持っておりまして。そのおかげで、どうにか大事に至らずに済みました」

そう言った吉乃が咲耶から渡されたとんぼ玉を取り出して見せると、クモ婆は興味深そうにそれをマジマジと眺めた。

「なるほどねぇ、これには咲耶殿の神力が込められているんだね」

「そのようです。私もさっきまで知らなかったんですが、これがあれば咲耶さんには私の居場所がわかるみたいで」

吉乃がチラリと咲耶を見れば、視線に気付いた咲耶は吉乃に応えるようにとても優しい笑みを浮かべた。

「そういうわけだ。とりあえずこれさえ吉乃が持っていれば、今回のようなことがあっても俺がすぐに護りに行ける」

　咲耶の言葉を聞いた吉乃は、またほんのりと頬を赤く染めた。

（なんだか、さっきから心臓が変になったみたい）

　咲耶の顔がまともに見られない。吉乃は、そっととんぼ玉を握りしめた。

「あ、あの、咲耶さん。本当にありがとうございま――」

「――咲耶様」

　けれど、吉乃が咲耶にお礼を述べようとしたとき、鈴の音が鳴るような声が吉乃の言葉を遮った。

　声の主は咲耶に向かって真っすぐに歩いてくると、天女のように神々しい笑みを浮かべる。

「お会いしとうございました」

　鈴音だ。咲耶を見る鈴音はたおやかで、うっとりとした表情を浮かべている。

　花魁の鈴音は、仕事中と普段の様子がまるで違う。

　今、咲耶に見せているのはまさに仕事中の鈴音の顔で、吉乃はこの一カ月、この鈴音を前にした客たちが骨抜きにされる様を何度も目にしてきた。

「鈴音か。久方ぶりだな」

　対する咲耶は顔色を変えることなく飄々（ひょうひょう）と答える。

吉乃がついドキリとしたのは、先ほど桜の木の下で咲耶に『妬いている』と言われたことを思い出してしまったからだ。

「いつになったら、私の座敷に上がっていただけるのですか？」

「花魁からそのような誘いを受けるのは光栄だな。しかし、お前も知っての通り、俺は今のところどの遊女の座敷にも上がるつもりはない。蛭沼の件で作った借りは、また別の方法で返させてもらおう」

鈴音に対してここまで毅然とした態度をとる者は珍しい。

大抵は鈴音を前にしたらのぼせ上がるのに、やはり咲耶だけは違っていた。

「ああ、だが、鈴音は今、吉乃の面倒を見てくれているのか」

「え？　ええ、まぁ、そうですが……」

「ならば、引き続き吉乃のことをよく見てやってくれ。これからも、よろしく頼む」

そう言うと咲耶は吉乃を見て微笑んだあと、踵を返して行ってしまった。

鈴音を一度も振り返ることもなく。

残された者たちの間には微妙な空気が流れ、絹と木綿については怯えた様子で、吉乃の足にしがみついていた。

「……ハァ。ほんっと、食えないわね」

「え？」

「まぁ、いいわ。少し、ひとりにしてちょうだい。夜見世の時間まで、誰も部屋には近づけないで」

　そう言うと鈴音はさっさと行ってしまう。

　一瞬、その場は嵐が去ったような静けさに包まれたが、重鎮であるクモ婆がその沈黙をすぐに破った。

「ま、まぁまぁ。なんにせよ、吉乃が無事でよかった」

「でもまさか、こうも簡単に吉乃さんに手を出すものが現れるなんて、命知らずとしか思えません」

　続いたのは琥珀だ。

　難しい顔をしている琥珀は、心に引っ掛かりを覚えているような様子だった。

「普通であれば咲耶様が関わっている遊女というだけで、吉乃さんの身を危険に晒そうと考える者はこの帝都吉原にはいないはずです」

　それほど、帝都吉原での咲耶の力は絶大なものなのだ。

　それなのに今回、下級妖や切見世長屋の遊女が安易に手を出すとは、普通であれば考えられないことだった。

「命知らずにも程があります」

「まぁ、それだけ吉乃の力が魅力的だってことだろう。命知らずが現れてもおかしくはないさ」

クモ婆が琥珀に答える。

改めて自分の惚れ涙の恐ろしさを告げられて、吉乃は身を硬くした。

「でも、吉乃さんになにかあったとしても、すぐに咲耶様がかけつけてくれるのであれば安心ですが」

「……ああ。どっちにしろ紅天楼にいれば安全だ。なんてったって、ここには吉乃を襲った下級妖みたいなのは入ってこられないんだからね」

吉乃の不安を察したふたりは、そう言うと曖昧な笑みを浮かべた。

対する吉乃はなんと返事をすれば良いのかわからず、とんぼ玉の入った巾着に手を添えた。

（本当に大丈夫……なのかな）

「しかし念のため、しばらくは外出を控えた方がいいかもしれません。もちろん今日のように出かけたい場合も絶対に許可しないわけではないので、気軽に相談してくださいね」

琥珀の言葉を聞いた吉乃は小さく頷くと、美しく咲き誇る桜の姿を頭の中に思い浮かべた。

（また、しばらくあの桜を見られないのは残念だけど……）

これぱっかりは仕方がない。

「色々とご心配をおかけして、本当に申し訳ありません」

吉乃は琥珀たちに改めて頭を下げたあと、もう一度白雪にお礼を言おうと白雪に目を向けた。

「雪ちゃん？」

と、白雪は鈴音が消えていった廊下を、未だに熱心に眺めていた。

「え……あ。ご、ごめんね。ちょっとボーっとしちゃって」

また吉乃の胸に違和感が過る。

心なしか白雪の顔色が悪いように見えるのも、吉乃の思い過ごしだろうか。

「雪ちゃん、大丈夫──」

「さぁ！　あんたたち、夜見世の準備をはじめるよ！　吉乃、あんたは稽古の続きがあるから私についておいで」

けれど、大丈夫？と尋ねようとした吉乃の言葉は、クモ婆に遮られてしまった。

結局その後も特に白雪に声をかけることはできず、吉乃たちは忙しさに追われた。

大事件

「なぁ、この子が噂の遊女かい？」

吉乃が、がしゃ髑髏と切見世長屋の遊女に攫われた事件から、早半月と少しが過ぎた。

あのあと、事件の話は瞬く間に帝都吉原内に広まり、吉乃は以前に増して一目置かれる存在となった。

『異能持ちの遊女ってだけでも注目の的なのに、この短期間で三つの事件に関わったんだ。いい意味でも悪い意味でも、突き出し前の宣伝になったかもねぇ』

クモ婆はそう言って豪快に笑ったが、吉乃の気持ちはなんとも複雑だ。

「流石に鈴音花魁には敵わないが、なかなか綺麗な子じゃないか」

「ありがとうございます。約一カ月半後にはお客をとれるようになりますので、これからもどうぞ紅天楼をご贔屓ください」

馴染み客の見送りのために頭を下げた琥珀の瞳には、ちゃっかり銭の字が浮かんでいる。

その隣で頭を下げた吉乃は、やはり複雑な気持ちで近く訪れるだろう自分の未来に思いを馳せた。

（あと約一カ月半後には私は十八になって、紅天楼の遊女としてお客をとるようになるんだ）

この一カ月半と少しの間、基礎と呼べるものは徹底的に叩き込まれた。

寝る間も惜しんで稽古の復習を、詰め込めるだけの知識を頭の中に詰め込んできたつもりだ。

ただ、突き出しが近づくにつれ、胸に生まれた〝とある思い〟が膨らんでいくことが、吉乃はずっと気になっていた。

『ここでは、下を向いてばかりいては、決して高みは目指せない。帝都吉原では背筋を伸ばし、凛として歩く者こそが〝美しい〟んだ』

『俺はお前が遊女になるのは嫌なのに、そうして背筋を伸ばして歩く姿を見たいような気もする』

それは、先日のがしゃ髑髏の事件のあと、吉乃が咲耶に言われた言葉だ。

――吉乃は、遊女としてどうなりたいのか。

養父母に売られて帝都吉原にやってきた吉乃は、自分が遊女になってどうしていきたいのか、これまで具体的に考えたことはなかった。

当然のように自分が遊女として上を目指そうなどと考えたことはなく、花魁など口にすることすら烏滸がましいと思っていた。

今日まで吉乃が真面目に稽古に励んできたのも、紅天楼に配属された以上、紅天楼の名に恥じない遊女になれるようにと思っていたからだ。

(でも、本当にこのままでいいのかな……)

今の気持ちのまま突き出しを迎えてもいいのか。

咲耶の言葉を聞いて、吉乃は迷いはじめていた。

けれど考えても考えても答えは見つからず、時間だけが足早に過ぎていった。

＊＊＊

「吉乃。あんたの水揚げの相手が決まったよ」

その日、夜見世が終わったあとで琥珀とクモ婆に呼び出された吉乃は、初めて紅天楼に訪れたときに通された部屋で、一世一代の報告を受けた。

「お相手は帝都でも一、二を争う大店、葦後屋の主人、烏天狗の禅殿です」

「烏天狗の禅、さん？」

「ああ。禅殿は小僧の頃こそ、まぁ女遊びの激しい奴だったが、葦後屋を正式に継いでからはめっきり大人しくなって落ち着いた。女の扱い方もよく知っていて乱暴もしないし、融通の利く奴だから水揚げの相手としては最適さ」

断言したクモ婆は、ふふんと鼻を鳴らして、ちゃぶ台の上に置かれた湯呑みに口をつけた。

「禅殿にも、ご快諾いただきました。既に吉乃さんの噂を耳にしており、ご興味を持ってくださっていたようです」

「そうなんですね……」

実に有り難い話だ。

けれど吉乃は、また複雑な気持ちになった。

遊女である以上、初魂の儀――水揚げは絶対に成功させなければならない試練のひとつ。

頭ではわかっているが、いざ具体的に話が進むと、また大きな不安が心に芽生えた。

「あの、それはもう決定事項なんですよね？　私、本当に禅さんと――」

「まさか、今さら怖気づいたの？」

そのときだ。唐突に扉が開いたと思ったら、仕事終わりの鈴音が顔を出した。

驚いた吉乃が綺麗な顔を穴が開くほど見ると、鈴音は厳しい目で吉乃を睨んだ。

「あんたにひとつ、いいことを教えてあげる。禅様にはね、本来ならあんたじゃなくて白雪の水揚げの相手をしていただく予定だったのよ」

「え……」

「す、鈴音さん、その話は――！」

「でもね。異能のことやその他諸々と、咲耶様のおかげで予想以上にあんたの市場価値が上がったから、仕方なく禅様にあんたをお願いすることになったってわけ。そもそも琥珀さんがあんたを私の妹分にしたのも、一番の理由はあんたに箔をつけるためだったのよ」

鈴音の話はこうだ。

水揚げの相手が地位と名声のある上客なら、吉乃についた価値を落とさずに済むので、禅が抜擢されたということだった。

そして、琥珀が吉乃を鈴音の妹分に推したのも、〝鈴音花魁の妹分である〟ということも吉乃の売りになると見込んでのことだったのだ。

（私、全然気がつかなかった……）

結局、ここでは如何に駆け引きを上手くやるかも生き残る条件のひとつになる。

それは遊女のみならず、鎬（しのぎ）を削り合う遊女屋の経営者たちにも言えることだった。

「だから、あんたは今回のことを感謝こそすれ、意義を申し立てるなんて絶対に許されないの」

思いもよらない話を聞かされた吉乃は、顔色を青くして返す言葉を失った。

琥珀の思惑はともかく、白雪は幼い頃から紅天楼で遊女としての英才教育を受けてきた子だ。

将来の花魁候補としても大きな期待をされていて、鈴音が妹分としてとても可愛がっているのを吉乃も知っている。

だからこそ、鈴音が吉乃に怒るのも当然だ。

もしかすると鈴音は、吉乃が紅天楼に来たときからこうなることを予想していて、自分に辛く当たっていたのかもしれないと吉乃は思った。

「私、全然知らなくて……。本当に、すみません」

自分の大切な妹分の水揚げの相手を、嫌々引き受けた妹分に奪われたら不愉快に決まっている。

吉乃は鈴音だけでなく、白雪に対しても申し訳ない気持ちになった。

吉乃さえいなければ、白雪は誰もが認める上客を水揚げの相手にしてもらい、遊女として最高の幕開けを飾ることができたのだ。

「あ、あのっ。それでしたら私、水揚げは別の方でも――」

「いやいや、待ってください。そのことについては既に白雪さんにも説明済みで、了承も得ています。だから吉乃さんが気に病むようなことはないのですよ」

「そうだよ、鈴音。余計なことを言って話を拗らせるんじゃないよ。吉乃に否がないことくらい、あんただってわかってんだろ。これ以上突っかかる気なら、この部屋から出ていきな！」

「ふんっ！」

琥珀のみならず、クモ婆にも強く非難された鈴音は、肩を怒らせたまま踵を返した。そうして吉乃の方を見ることもなく、本当に部屋を出ていってしまった。

対する吉乃は肩を落として俯いた。

(鈴音さんからすれば、そもそも私みたいな甘ったれが一目置かれていること自体、許せないんだろうな)

「まぁ、吉乃、そういう話だけどさ。水揚げは二週間後だ。でも、その前に禅殿が一度あんたの顔を見たいって言うもんでね。明日の夜、登楼してくれることになってる。色々思うところはあるだろうが、あんたは自分がやるべきことをしっかりやりな」

クモ婆はそう言うと、吉乃の背中をポン！と叩いた。

「でも、なにか不安なことがあれば、いつでも言いなよ。私はあんたの味方だからね」

クモ婆は吉乃が落ち込んだり、下を向きそうになると、いつもこうして励ましてくれる。

吉乃の稽古にもクモ婆は根気良く付き合ってくれるのだ。

「いつも本当に、ありがとうございます」

「いいってことよ。あんた、見目も悪くはないんだ。それに、その目。薄紅色の瞳が珍しいって、よく言われるだろう？　あんたは人よりも多くの武器を持ってるんだから、全部有効活用しないと損だよ！」

またポンと背中を叩かれた吉乃は、膝の上で握りしめた拳に力を込めた。

（期待に応えるためにも、早く一人前にならないと）

蛭沼のときのような悔しい思いはもうしたくない。

そう考えた吉乃は改めて、自分自身に『頑張ろう』と言い聞かせた。

「まぁでもこれでとりあえず、あんたの突き出しが無事に済みそうでよかった」

話の締めに入ったクモ婆は、そう言うとまた湯呑みに入っているお茶をすする。

「……いや、まだ安心とは言えないかもしれませんよ」

と、不意に口を開いたのは琥珀だ。

不思議に思った吉乃が琥珀を見れば、琥珀はなにかを考え込む仕草を見せながら言葉を続けた。

「吉乃さんを攫った、がしゃ髑髏は咲耶様に粛清されました。しかし、切見世長屋の遊女は結局、事情聴取が行われる前に何者かによって消されてしまいましたよね」

それは事件の数日後に、咲耶が琥珀の元に派遣した神威の隊士から聞かされた話だった。

神威の隊士たちが吉乃を攫った遊女を捕らえるために長屋を訪れたときには既に、遊女は殺されていたということだ。

「どうしてあのふたりが手を組んで、吉乃さんを攫ったのか……。どのようにして吉乃さんを捕らえたのか、事件の真相は藪の中です」

おかげで吉乃はあれ以来、紅天楼からは一度も出られていない。

「だからこそ、やはりまだ気は抜くべきではないかと……」

「まぁまぁ。なにはともあれ吉乃が無事で、こうして水揚げの相手と日取りまで決まったんだ。今はもう、それでいいじゃないか」

しかし、琥珀の話を聞いたクモ婆はほんの少し語気を強めると、空になった湯呑みを両手で握りしめた。

「ほんと、琥珀は心配性が過ぎるよ」

「確かに浮雲さんの仰る通りではありますが……。吉乃さん、こんなことを言って申し訳ありませんが、くれぐれも身の回りのことには今まで以上に注意してくださいね」

念には念を入れた琥珀の言葉に、吉乃は小さく頷いた。

(とにかく今はクモ婆に言われた通り、自分のできることをしっかりやろう)

今日も首から下げて着物の内側に隠しているとんぼ玉に、吉乃はそっと手を添えた。

＊＊＊

「さぁ、これでいいだろう」

水揚げの話をされた翌日。

吉乃はクモ婆に言われるがまま、帝都で一、二を争う大店の主人、烏天狗の禅を迎える準備を整えた。

長く伸びた髪を結い、艶やかな色打掛に身を包んだ吉乃はどこからどう見ても帝都吉原の遊女だ。

つい一カ月半前に、大蜘蛛に狙われたときのみすぼらしい様相が嘘のよう。

と、姿見に映った自分を眺めながら吉乃が物思いにふけっていると、後ろからひょっこりと絹と木綿、白雪が顔を出した。

「よ、よ、よ、吉乃しゃまぁ！」

「本当に天女、いや女神しゃまのようで、オイラも絹も、まぶしすぎて直視することができませぬぅぅ！」

大袈裟に褒められて、吉乃は返す言葉に困ってしまった。

「わぁ、吉乃ちゃん、ふたりが言う通り、すっごく綺麗！　禅様もきっと吉乃ちゃんを気に入るよ！」

白雪の大きな目も輝いている。

昨日、鈴音から事実を聞かされたあと、吉乃は白雪に対して頭を下げたのだが、白雪はあっけらかんとした様子で吉乃の肩を軽く叩いただけだった。

「雪ちゃん、やっぱり私……」

「あ、もう！　ほら、そんな顔しないで。私のことは気にしないでって昨日も言ったでしょう？」

「でも……」

「大丈夫。吉乃ちゃんはなにも悪くないんだから。今は自分がやるべきことに集中しなきゃ。私たちは、この見世の遊女になるんだもの」

そう言うと白雪は、ニッコリと笑って目を細める。

そっとまつ毛を伏せた吉乃は「ありがとう」と呟くと、自身の胸に手をあてた。

「――吉乃さん、そろそろお時間です」

「あ……はい。今行きます」

「吉乃ちゃん、頑張ってね！」

「吉乃しゃま！　絹と木綿も応援しておりますゆえ！」

去り際にも、白雪は吉乃の背中を押してくれた。

吉乃はゆっくりと足を前に踏み出すと、呼びに来た琥珀に続いて吹き抜けの回廊を歩いた。

（ここまで来たら、雪ちゃんのためにも紅天楼のためにも精いっぱいできることをやろう）

色々と思うことはある。でも、いつまでも後ろ向きなことばかり考えていても仕方がない。

吉乃はなにより、応援してくれた白雪の想いに報いたかった。

「ふぅ……」

「吉乃さん、大丈夫ですか？」

と、溜め息に気づいた琥珀が、吉乃のことを振り返った。

「今日は初めて吉乃さんひとりでお客様のお相手をするのです。緊張して当たり前ですよ」

琥珀はそう言うと、吉乃の心を落ち着けるように優しく微笑む。

「大丈夫です。約一カ月半、吉乃さんが寝る間も惜しんで稽古や勉強をしてきたこと、紅天楼のみんなが知っていますから」

「琥珀、さん」

吉乃はもうすぐ突き出しをして、紅天楼の正式な遊女になる。

そのためにも今、立ち止まるわけにはいかないのだ。

（雪ちゃんだってああ言ってくれていたし、琥珀さんもクモ婆も気にするなと言ってくれたんだから）

もう吉乃がどう立ち回ろうとも、禅との水揚げが覆ることはない。

ならば、いっそ白雪への罪悪感は心の奥に閉じ込めて蓋をし、これから会う水揚げの相手である禅と向き合うべきだと、吉乃は改めて自分自身に言い聞かせた。

「吉乃、禅殿がおいでだよ」

正面玄関で禅の登楼を待ち構えていた吉乃は、クモ婆に声をかけられ、弾かれたように顔を上げた。

慌てて背筋を伸ばす。

すると次の瞬間、ふわりと暖簾が揺れ、周囲の空気が変わった。

「おお！　この感じ、ひっさびさで懐かしいぜ」

現れたのは、咲耶と同じ二十代半ばくらいの見た目をした、背の高い男だった。

咲耶ほどではないにしろ顔立ちも整っている。

粋な着流しを身にまとい、切れ長の目の奥には、緑がかった黒い瞳が光っていた。

「禅殿、本日はお忙しい中ご足労いただき、誠にありがとうございます」

――禅。この男が、吉乃の水揚げの相手である烏天狗の禅だ。

黒く艶のある髪は、前髪の長さが左右非対称で、いなせな感じだ。

見た目は完全に吉乃と同じ人だが、やはり人とは違った他者を惹きつけるような圧倒的な空気を感じた。

「まぁ、そう畏まるな。水揚げの前に一度会っておきたいと我儘を言ったのは俺の方だからな」

「我儘だなんて、滅相もございません。こちらが、先日お話をさせていただきました、吉乃です。さぁ吉乃、禅殿にご挨拶を」

クモ婆から紹介された吉乃は、慌てて禅に向かって頭を下げた。

「はじめまして、吉乃と申します。本日はお会いできて至極光栄にございます」

予め用意していた言葉を口にした吉乃は、手の震えを精いっぱい落ち着かせながらゆっくりと顔を上げた。

「え――」

けれど、次に目に入ってきた姿を見て、思わず息を呑む。

禅のあとに続いて、咲耶が見世に入ってきたのだ。

(どうして――?)

予想外の事態に驚いたのは吉乃だけでなく、琥珀とクモ婆も同じだった。

「どうして、咲耶様が?」

「俺が誘ったんだよ」

「禅殿が？」

「ああ。なんせ噂じゃあ、吉乃って女は、この咲耶のお気に入りだっていうじゃねー か。泣く子も黙る神威の将官様が花嫁に狙っている女を俺が水揚げするなんざ、最高だろう？　でも、どうせなら水揚げ前に噂の真相を確かめてやろうかと思って、連れてきたってわけだ」

琥珀の問いに答えた禅は、含みのある笑みを浮かべた。

思わず吉乃がチラリと咲耶の顔色をうかがうと、咲耶は呆れたように息を吐いてから恨めしそうな視線を禅に送る。

「久々の登楼に案内と警護が必要だと我儘を言って、まだ仕事中だった俺を無理矢理引っ張ってきたのはどこのどいつだ」

「ハハッ！　まぁ、いいじゃねぇか。俺も今や帝都で一、二を争う大店の頭だ。そんな俺の身になにかあれば大問題だろう？　帝都吉原内でのいざこざを収めるのは神威の仕事。だったら最初からお前を連れてりゃ、問題が起きても問題ないってな！」

ガッシリと肩を組まれた咲耶はうんざりした様子で、溜め息をついた。

察するに、咲耶はあまり禅を得意としていないようにも見える。

なにより咲耶と禅は、醸し出す空気も氷と炎といったふうに違っていた。

「官僚の蛭沼のときも、お前が護衛についてたんだろう？」

「あれは護衛ではなく任務だ。そもそも、お前ほどの者なら警護など不要だろう。ほとんどが返り討ちにされて終わりだ。葦後屋も、だからこそお前を自由にしているのだからな」

「まぁまぁ、そう言うなって。久々に帝都吉原に来たんだ、辛気臭い話は止めようぜ」

「お前のくだらない話に付き合わされる、こちらの身になってほしいものだ」

また深く息を吐いた咲耶は、とうとう眉根を寄せて目を閉じた。

「ハハッ。さて――と。それで、肝心の咲耶のお気に入りは、お前か。……へぇ。鈴音と比べると貧相だが、まぁ見てくれは悪くないな」

と、徐に吉乃へと目を向けた禅は、自身の顎に手をあてた。

そして吉乃をまじまじと見つめたあと、八重歯を見せて口角を上げる。

（し、失礼のないようにしないと）

途端に吉乃の心拍数が上がりはじめたのは、今さら緊張が身体に走ったからだ。

蛭沼の一件だけではない。

白雪への負い目もあるので、絶対に失敗できないという重圧もあった。

「ああ、確かに噂通り、人のくせに珍しい瞳の色をしているな。で、この目から惚れ涙が流れるってか。是非実際に、その惚れ涙ってやつを見てみたいもんだぜ」

禅が、緊張で固まる吉乃の頬に向かって手を伸ばした。

吉乃はその手の行方を視線で追うのが精いっぱいで、直立したまま動けなかった。

「気安く触れるな」

（え――）

けれど、既のところでその手が止まる。

ハッと我に返った吉乃が次に見たものは、厳しい表情で禅の腕を掴む咲耶だった。

「登楼した者が突き出し前の遊女に特別な理由なく触れるのは、帝都吉原の規律に反する行為だ」

咲耶は淡々と言葉を続けたが、その声には明らかな苛立ちが滲んでいた。

「蛭沼も、それを含めて捕縛に至った。まさか、それらの規律を忘れてしまったとは言わせないぞ」

咲耶が言うように、帝都吉原にはいくつもの規律が存在する。

その多くは逃亡を図ろうとする遊女の心を折るためのものであったが、規律に反したものは遊女のみならず、人ならざる者であっても厳しい処罰が課せられることになっていた。

「おいおい、そんな睨むなよ。つーか、腕、痛ぇし。離せよな」

しかし、当の禅は意にも介さぬ様子で、相変わらずヘラヘラするばかり。

食えない男だ。

咲耶は厳しい表情のまま、掴んでいた禅の腕を宙に放るように離した。

「たとえ相手がお前でも、規律を破った場合、俺は一切の容赦はしないということだけは初めに伝えておこう」

そして再度、禅に深く釘を刺す。

さらに咲耶は吉乃を背に隠すように禅の前に立ちはだかると、腰に差した刀の柄に手をかけた。

（咲耶、さん）

今、咲耶は帝都の秩序を守る責務を負った神威の将官として、規律を破ろうとした禅を糾弾したに過ぎない。

頭ではわかっているのに、吉乃は咲耶の広い背中を見ながら、自身の心拍数が上がっていくのを感じた。

「ちぇー。それを言ったら、帝都吉原内で帯刀することも、規律に反するんじゃねぇのかよ」

「馬鹿は休み休み言え。俺が率いる神威は、いつ何時でも無法者に素早く制裁を加えられるように、常に帯刀する許可を帝から得ている」

「おー、怖。そんなピリピリすんなって。ほんの冗談じゃんか。つーか、お前の言う通り、帝都吉原に遊びに来るのが久々で、規律を忘れてただけだって」

軽口を叩いた禅は、そう言うと両手を上げて降参の姿勢をとった。

（え……）

そして改めて、チラリと吉乃に目を向ける。

目が合った吉乃は一瞬肩を強張らせたが、禅はニヤリと狡猾な笑みを浮かべて、再びゆっくりと口を開いた。

「しかし、なるほどねぇ。噂は本当ってことか。咲耶は随分と、お前に入れ込んでいるな」

吉乃の心臓が波打つように鳴りはじめる。

大きな不安と、僅かな期待。

もしかしたら咲耶は、禅が吉乃に触れるのが気に食わなくて、刀の柄に手を添えたのかもしれない——なんて。

無駄に想像力を働かせた吉乃は、雑念を払うように心の中で首を左右に振った。

「さぁ、いつまでもこんなところで無駄話をしていたって仕方ねぇ。さっさと座敷に案内してくれ。俺は今日ここへ、美味い酒を飲みに来たんだ」

そうして禅に催促された吉乃たちは、用意していた部屋へ禅と咲耶を案内することになった。

けれど、座敷がある扉の前で、一同の先頭を歩いていた琥珀の足が止まる。

帝都吉原の妓楼では、基本的に同じ座敷に殿方ふたりを一緒に上げることはない。

けれど今日に限っては、咲耶は禅の護衛という名目で来ているので、特例としてふたりを同じ座敷に上げて良いものか、楼主である琥珀は迷っていた。

「禅殿。お座敷ですが、どのような形にいたしましょう」

結果として琥珀は、決断を禅に委ねた。

蛭沼の件が尾を引いていたこともあるだろうが、客の希望を最優先するのは当然と言えば当然だ。

「俺としては是非一緒に楽しみたいところだが、それだとお前がやりにくいか？」

禅がニヤリと笑って吉乃に問いかける。

まるで吉乃の反応を楽しんでいるような口ぶりに吉乃は一瞬返事に迷ったが、すぐにお腹の前で握りしめた手に力を込めると真っすぐに禅を見つめ返した。

「禅様がお望みでしたら、ご一緒でも大丈夫です」

堂々とした態度に、禅が意表を突かれたように目を見開く。

「ま、まぁ、お前がそれでいいっつーなら、いいけどよ」

そうして結局、吉乃はひとりで禅と咲耶の相手をすることになった。

琥珀も最初こそ心配そうに見ていたが、吉乃の対応に安心した様子で座敷に送り出した。

「——改めまして、吉乃と申します。本日はお会いできて、大変嬉しく思います」

八畳ほどの部屋の中には、行燈の灯りが妖しく揺らめいている。

ゆっくりと顔を上げた吉乃の目に映ったのは、ふたりの眉目秀麗な男たちだった。

「失礼いたします」

緊張で震える手と心を叱咤しながら、吉乃は禅に酌をした。

次に、咲耶にも酒を注ごうと移動する。

けれど咲耶は吉乃の酌を手で制すと、瞼を閉じた。

「あ、あの、咲耶さん？」

「俺は、酒は飲まない」

「え？」

「ハハハッ！　飲まないじゃなくて、飲めないだろ？　こいつ、こんな顔して下戸なんだよ。笑えるわー」

「下戸……」

つまりお酒が得意ではないということだ。

（意外過ぎる……）

寧ろ、いくら飲んでも平気そうなのに。

禅に秘密をバラされた咲耶は不本意そうに眉根を寄せたが、思わぬ咲耶の弱みを聞いた吉乃は、初めて咲耶に親近感を抱いた。

「お前が廓遊びをしねぇのも、実はそれが理由じゃね？」

からかい口調で言った禅は、吉乃が注いだばかりの酒が入った盃を見せつけるように仰いだ。

「馬鹿も休み休み言え。俺はそもそも廓遊びにも花嫁探しにも興味がないだけだ」

「ははーん。硬派気取ってんなよ。現世じゃ〝光源氏（ひかるげんじ）〟っつー、男が勝ち組なんだぜ」

「俺には関係のない話だな」

「うわー、つまらない男！　最悪！　今日、お前が俺の誘いに乗ってきたときには、ちったぁ頭も柔らかくなったか!?　なんて思ったが、期待して損したぜ」

禅は大袈裟に天を仰いで息を吐く。

ふたりのやり取りを見ていた吉乃は、自身の肩から力が抜けるのを感じた。

「禅様と咲耶さんは……とても仲の良いお友達なんですね」

「ハァ!?　俺とコイツが仲良しの友達だ!?　どうしたらそう見えるんだよ!?」

「す、すみません。なんというか、おふたりのやり取りがすごく、気の置けない間柄というか、親しい関係のやり取りに見えたので」

素っ頓狂な声を上げた禅に対して、吉乃は咄嗟にそう言うと俯いた。

「その……私、現世で友達と呼べる子ができたことがなかったので。おふたりのようにお互いに言いたいことを言い合えるのは、すごく素敵だなぁと思ってしまって」

実際、咲耶は迷惑そうにしている部分もあるので、一概には『素敵』と言い切れないかもしれないが。

「俺とコイツが友達……トモダチ。うわ、考えたこともなかったわ。笑えね～」

けれど禅は満更でもない様子でそう言うと、プッと噴き出したあと破顔した。

「ハハッ。実に人らしい考えだな。だが、嫌いじゃない。おい吉乃、気に入った。お前、俺に〝様〟付けなんてしなくていいぞ。普通に、お前が話しやすいように俺を呼べ」

前髪を掻き上げ、禅が子供のように無邪気に笑った。

吉乃は一瞬ぽかんとしてから我に返ると、今度は恐る恐る口を開いた。

「では、お言葉に甘えて、禅さんとお呼びしてもよろしいですか？」

「ああ、いいぜ。で、お前は今も友達がいねぇのか？　もし誰もいないってんなら、俺がお前のオトモダチになってやってもいいぜ」

そう言う禅は、決して吉乃を馬鹿にしているふうではなかった。

どちらかと言うと、吉乃との会話を楽しんでいるようにも見える。

初めは食えない男だと思ったが、禅は悪い奴ではないのかもしれないと吉乃は考えた。

（友達……）

そして心の中で禅の言葉を反すうしながら、白雪のことを思い浮かべる。

「友達……は、今はいます。同じ紅天楼の遊女見習いの子で、私には勿体ないくらい素敵な子です」

白雪のことを考えたら、自然と心が温かくなった。

けれど同時に胸も痛む。

本来であれば、白雪の水揚げの相手は目の前にいる禅だったのだ。

禅が白雪のことを知っているかどうかはわからないが、帝都吉原での生活が長い白雪はきっと、禅のことも知っていただろう。

「なんだよ、もう友達はいるのかよ。つまんねぇなぁ」

「すみません。でも私は、その友達を傷付けてしまったかもしれないので、本当に友達と言っていいのかはわからないのですが……」

つい、吉乃の口から弱音が漏れた。

白雪は水揚げの相手について、吉乃に『気にしなくていい』と言っていたが、それが本心であるかどうかは、白雪本人にしかわからない。

(雪ちゃんはああ言ってくれたけど、本当は水揚げの相手は禅さんが良かったと思っていたかもしれない)

結局、以前白雪が言っていた、『もうひとつの叶えたい夢』についても話してもらえないままだ。

「私もいつか禅さんと咲耶さんのように、その子と言いたいことを言い合える友達関係になれるでしょうか」

吉乃の問いに、禅は不思議そうな顔をする。

そこで、はたと我に返った吉乃は、慌てて首を左右に振った。

「あ……すみません、つまらない話をしてしまって！　まだ、あまり上手くはないのですが、三味線を用意したので弾いてもよろしいでしょうか」

(私ってば、大切なお客様相手に、なにを話しているんだろう……！)

恥ずかしい。これでは蛭沼のときと大して変わらない。

吉乃は急いで立ち上がると、部屋の隅に置いてあった三味線を取ろうと手を伸ばした。

「──必ずしも、言いたいことを言い合える関係が良しとは限らないのではないか？」

「え……」

そのとき、耳に心地の良い声が聞こえて吉乃の手が止まった。

ハッとして振り向けば、今の今まで吉乃の話を黙って聞いていた咲耶が、伏せていたまつ毛をゆっくりと持ち上げた。

「俺とコイツがなんでも言い合えるのは、そこに互いを思い合う気持ちの欠片もないからだ」

「おいおい、随分ヒデー言い方だな」

「だが、吉乃とその友達とやらの場合は違うのだろう。相手を思いやるからこそ、言いたいことが言えなくなる。それはそれで良い関係の部類に入ると俺は思うがな」

咲耶の言葉に、吉乃は三味線に伸ばしかけた手を静かに下ろした。

「俺たち、人ならざる者の多くは己の欲に忠実なんだ。だからこそ、人が他者のために自分の気持ちを押し殺したり、譲り合うことを不思議に思う」

「そうなんですね……」

「ああ。だから俺は、互いを思い合えるというのは、実に人らしい感情だと思うがな」

（人らしい……感情）

咲耶の言葉を心の中で反すうした吉乃は、白雪の笑顔を思い浮かべた。

『吉乃ちゃん、頑張ってね！』

昨日も今日も、白雪は吉乃が気に病まないようにと笑ってくれていた。

吉乃はただ白雪に申し訳ないと思っていたが、そうして互いを思いやれることも、素晴らしいことには違いない。

「確か現世に、〝親しき仲にも礼儀あり〟って言葉があったよなぁ。お前が今言ったことって、それと似てねぇ？」

「まさか、その言葉をお前が知っているとは驚きだな」

「おい！　まるで俺が礼儀知らずみたいな言い方するなよ！　俺ほど咲耶を理解している男もいないんだからな！　なんてったって、俺たちはトモダチだしな！」

「お前は本当に、酷い自信過剰だ」

軽口を叩き合うふたりが、なんだかとてもおかしかった。

そして吉乃は本当に自分でも無意識のうちに――。

「吉乃、お前……」

ふっと肩の力を抜いて、口元を緩めていた。

「今、笑って――」

「え……？」

けれどそれは本当に一瞬で、咲耶しか気づかなかった。

吉乃自身も自分が笑ったことに気づいていない。

「咲耶さん、どうかしましたか？」

吉乃は帝都吉原に来てから一度も笑顔を見せたことがなかった。

いや、実はもう何年も——両親を亡くしてからというもの、笑っていなかったのだ。

「咲耶さん？」

不思議そうに咲耶を見る吉乃はもう、いつも通りだ。

咲耶は一瞬笑顔のことを告げようか迷った末、なにも言わずに緩く首を横に振った。

「いや……俺の心の中だけに留めておこう」

「おい、なーに、ひとりで嬉しそうにしてんだよ。変態か」

「お前こそ、たった一杯の酒で酔っているのか、酔っ払い」

「そんなわけねぇだろ！　俺は昔、見世中の酒を一晩で飲み干した男だぞ！」

「ああ。それで当時の葦後屋の主人に、廓遊びを禁止されたんだったな」

（そうだったんだ……）

思わぬ形で禅がしばらく帝都吉原に来ていなかった理由を知った吉乃は、内心で納得した。

「禅さんは、随分お酒に強いんですね」

「ガキの頃は無茶な飲み方をするのが楽しかったんだよ。でも、今はいい女と美味い酒のつまみをあてに、しっぽりと楽しむのが最高だって知ったからな。あーあー、どこかの誰かさんは、こーんなに美味い酒が飲めなくて可哀そうだぜ」

禅が吉乃に酌の催促をする。

慌てて黒千代香(くろじょか)を手にした吉乃は、禅が差し出した盃に酒を注いだ。

「で、吉乃。お前、本当に異能持ちなのか？　こうやって話してる分には瞳の色以外で、お前に特別ななにかを感じることはねぇんだがな」

と、唐突に禅が吉乃の異能の件に言及したので、吉乃は一瞬固まった。

「惚れ薬の効果がある涙なんて、相当に珍しい異能だな。だが、本当に噂通りなら、その力を使えばどんな相手でも惚れさせられるってことだろう？　たとえば、今注いだ酒に涙を混ぜて飲ませれば、俺はお前に惚れちまうってわけか」

ニイッと口角を上げて笑った禅は、見せつけるように盃に口をつける。

「遊女として向かうところ敵なしってやつだな。異能を使えば、吉乃が遊女の頂点に立つのも夢じゃねぇってことだ」

惚れ涙の力を使えば、吉乃はあっという間に花魁の地位にもつける。

確かに、その通りかもしれない。

けれど吉乃はまつ毛を伏せると、手に持っていた黒千代香を静かに置いた。

「私は……遊女として、異能を使うつもりはありません」

「ハァ？」

「そ、その……もしも異能を使ったら、ズルをしているのと同じではないですか？」

吉乃の答えに、禅は信じられないといった顔をする。

この場に鈴音がいたら、鈴音にも『相変わらずの甘ったれね』と鼻で笑われていたことだろう。

「私は、自分の涙を口にした蛭沼様が目の前で変貌するのを見ました。そのときに、自分の力は安易に使ってはいけないものだと思い知ったのです」

絹と木綿については今のところ大きな問題は起きてはいないが、改めて考えるとふたりの心を惑わせてしまったことは心の底から申し訳なく思う。

なにより吉乃は帝都吉原を知れば知るほど、惚れ涙の力で花魁の地位につこうなどとは思えなくなった。

「私は紅天楼に来て、たくさんの姉女郎たちや、見習いの方々が、毎日必死にお客様と向き合っているのを見てきました。だから、やはり私だけ異能の力に頼るわけにはいきません。私は私の力で、前に進まなければならないと思うのです」

そう考えると自分はやっぱり、甘ったれなのかもしれないと吉乃は思った。

けれどこれが今の自分が出した答えなのだ。

異能の力に頼ってはいけない。頼りたくないと、強く思う。

「でも、異能を使えば遊女の頂点に立てるかもしれないんだぜ？」

「はい。でも私は、きちんと自分自身に力をつけて、まずは一人前の遊女になるべきかと思っていて……」

「ハハッ、それは随分な綺麗事だなァ。帝都吉原は騙し騙され、化かし合いが常の地獄──苦界だぜ。使えるものはなんでも使うくらいの狡賢さがなきゃあ、あっという間に喰われて終わりだと俺は思うがな」

禅の言うことはもっともだと、吉乃も頭ではわかっていた。

それでも──。

「……私は、できる限り、真っすぐに生きたいんです」

「真っすぐに？」

「はい。ここで楽な道を選んでしまったら、私はきっとまた後悔すると思うので……」

蛭沼事件の際に、なにもできなかった自分を情けなく思ったときのように。

もう二度と、あんな悔しい思いはしたくない。

だから吉乃は遊女として、正々堂々と務めていきたいと思うのだ。

「涙を見たいという禅さんのご期待に沿えず、本当に申し訳ありません」

顔を上げた吉乃は、再び黒千代香を手に持つと、美しい所作で禅の盃に酒を注いだ。

その姿は不思議と目を惹きつけ、禅は吉乃から目が離せなくなった。

「……ふぅん、なるほどな。咲耶が気に入る気持ちが少しわかったぜ」

「え？」

「今のお前からは、随分と〝美味そうな魂の匂い〟がする。なかなか面白い。その惚れ涙ってやつ、是非一度、飲んでみたい気持ちになったぜ」

挑発的な笑みを浮かべた禅の目は、真っすぐに吉乃を捉えていた。

思わずドクンと鼓動が跳ねたのは、禅の目の奥に光る力強さが、とても魅惑的に見えたからだ。

「俄然、吉乃の水揚げ——初魂の儀が楽しみになった。お前の魂なら、一日でも早く味見をしてみたい」

そう言うと禅は、色気たっぷりに自身の唇をなめた。

妖艶な仕草に吉乃は一瞬ドキリとしてしまい、戸惑いを隠せなかった。

(冗談、だよね？)

わかっている。けれど今、心が揺らぐのは、禅の言葉に嘘偽りがないように感じたからだ。

「なんだよ、まさか今さら水揚げの相手は俺じゃあ嫌だなんて言い出す気じゃ——」

と、そのときだ。

突然、部屋の灯りが消えて、辺りが恐ろしい暗闇に包まれた。

「え!?」

停電か。しかし、紅天楼の灯りは電気だけでなく行燈も使っているのに、一気にすべてが消えるのはどうにも変だ。

「おいっ、なんだこれ！　咲耶、まさかお前が邪魔をしたんじゃねぇだろうな！」

暗闇の中で禅が吠える。

吉乃は助けを呼ぼうと慌てて立ち上がり、扉のある方向へゆっくりと足を動かした。

「も、申し訳ありません。今、新しい灯りを持ってまいりますので――きゃあ!?」

けれど、なにかに躓いて、吉乃は大きく体勢を崩した。

（転ぶ……！）

着物に足を取られて身体が傾き、視界が大きく揺れ動いた。

「え……」

けれど、予想していた痛みと衝撃はやってこなかった。

吉乃は今、温かい腕に抱き留められている。

暗闇で相手の顔は見えないが、吉乃には自分を今、抱いているのは禅ではなく咲耶だという確信があった。

「おいっ！　吉乃、なんかあったのか!?」

「あ……い、いえ、すみません。扉を開けようとして、躓いてしまって」

身体が熱くなって、動悸が高まる。

すると、そんな吉乃に気づいた咲耶はからかうように、より強く吉乃の身体を抱き寄せた。

「〝登楼したものが突き出し前の遊女に特別な理由なく触れるのは、帝都吉原の規律に反する〟」

「え？」

「これは転びそうになった遊女を助けたという〝特別な理由〟があるから不問だ」

耳元で、低く甘い囁きが響く。

色気をまとった吐息と声に身体が痺れ、心臓は今にも爆発しそうなほど激しく鳴った。

「吉乃の鼓動の速さが、俺の身体にも伝わってくる」

敢えて言葉にされると余計に羞恥心が煽られる。

今が停電中でよかった。もし灯りがついていたら、耳まで赤くなる様を見られていただろう。

「す、すみません、私……」

「酒に弱いという秘密を暴いた仕置きだ。今は大人しく俺に抱かれていろ」

暗闇の中で、ふっと、咲耶が意地悪に笑った気配がした。

たまらなく恥ずかしくなった吉乃は、咲耶の軍服をギュッと掴んだ。

「吉乃……。そんなふうに甘えられると、お前をここから攫ってしまいたくなる――」

「――大丈夫ですか!?」

と、そのとき。扉の向こうで琥珀の焦ったような声が聞こえて、吉乃は慌てて咲耶から身体を離した。

（わ、私ってば、今なにを――!?）

「申し訳ありません！　突然、紅天楼中の灯りが消えてしまいまして……。今、原因を調査中なのですが、とりあえずこちらの灯りをお使いください」

扉を開けて入ってきた琥珀の手には、狐火が灯った小型の行燈（あんどん）があった。

おかげで、部屋の中に明るさが戻る。

と、すぐそばに立っていた咲耶と目が合った吉乃は、咄嗟に視線を下に落とした。

（ど、どうしよう……。咲耶さんの顔が見られない）

未だに心拍数は上がり続けている。

抱きしめられたときの咲耶の温もりがまだ身体に残っていて、耳元で囁かれた言葉を思い出した吉乃の頬には赤が差した。

「てっきり、俺が吉乃を口説いているのが気に食わなくて、咲耶が灯りを消したのかと思ったぜ」

「寝言は寝て言え。お前が発する口説き文句くらいでは、簡単に吉乃の心は揺らがない」

堂々たる物言いに、吉乃はどんな顔をしたらいいのかわからなくなった。

（もしかして、咲耶さんは禅さんに対抗してあんなことを言ったの？）

口説き文句なら、禅には負けない。

なんて、そんな冗談のつもりであんなことを言ったのかもしれない。

だとすれば、真に受けた自分が恥ずかしい。

穴があったら入りたいとはこのことだ。でも、咲耶は以前、冗談は嫌いだと言っていたような気も――。

「琥珀しゃま、大変です！」

「白雪しゃまが、何者かに連れ去られました！」

と、吉乃が赤くなった頬に手を添えた瞬間。再び扉が開いて、焦った様子の絹と木綿が勢い良く部屋の中に飛び込んできた。

「絹、木綿!?　白雪さんが連れ去られたとは、一体どういうことだ!?」

「い、今、白雪しゃまは小羽しゃまの座敷で三味線を弾いていたのですが、灯りが消えて再び灯ったときには三味線だけが残り、白雪しゃまの姿が消えていたということです！」

小羽とは、紅天楼に所属している遊女のひとりだ。

今の絹の話を聞く限り、白雪は小羽の座敷で手伝いをしていたのだろう。

「しかし、姿が消えただけで、どうして連れ去られたと言い切れるんだ」

「暗闇の最中、白雪しゃまの悲鳴が聞こえたらしいのです！　それと、白雪しゃまが消えたあと、部屋にこんなものが落ちていたと言われました！」

チラリと吉乃の様子をうかがった絹と木綿は、一度だけ互いに目配せをしたあと、一枚の紙を琥珀に差し出した。

「これは……」

そこには血文字で、【異能持ノ人間ハ、我ガ頂イタ】と書かれている。

それを見た吉乃は、思わず自分の口元に手をあてて後じさった。

「異能持ちの人間は、我が頂いた、か。どうやら白雪は、吉乃と間違えて攫われたようだね」

と、続いて部屋の前に現れたのはクモ婆だった。

神妙な面持ちのクモ婆を見て、吉乃は自分の足元が大きくふらつくのを感じた。

「そんな……私のせいで、雪ちゃんが……」

よろめいた吉乃の身体を、そばに立っていた咲耶が支える。

「咲耶さん……私……」

「落ち着け。まだ攫われてから時間も経っていない。これからどうにでも対処はできる」

冷静な声を聞いた吉乃は、咲耶の言葉を自分自身に言い聞かせながら下唇を噛みしめた。

「女が攫われたってよぅ。紅天楼には、かなり強力な結界が張られていたんじゃねぇのかよ？」

「それが……今、確認したところ、侵入者を防ぐために紅天楼内の柱に貼られていた札がすべて、剥がされておりましてな」

「はぁ!? じゃあ、さっきの停電も、その侵入者とやらの仕業か!?」

「多分、そうでしょう。壁に耳あり障子に目ありの〝目〟も、暗闇ではなにが起きたのか、見ることはできなかったということですから」

声を荒らげた禅に応えたクモ婆の言葉を受けて、琥珀と咲耶が難しい顔をした。

「やはり、何者かが吉乃さんを攫うための策を講じたということでしょうか」

「ああ。だが、楼主のお前が気にするべきことは別にある。消えた灯りに関してもそうだが……妓楼内に貼られていた札が剥がされていたというのが問題だ」

咲耶の言葉に、琥珀はハッとして目を見開いた。

「普通に考えれば、妓楼内の結界札を剥がせるのは紅天楼にいる者だけだ。ということは、紅天楼内に裏切り者がいるということになる」

また、吉乃の足元が揺らぐ。

紅天楼内に裏切り者がいる——。つまり吉乃も知る誰かが侵入者を手引きし、吉乃の連れ去りを計画していたということだ。

「ってぇことは、まずはその裏切り者を見つけ出さなきゃなんねぇなぁ」

「ああ、それは必要だろう」

「で、でも、それより今は、一刻も早く雪ちゃんのことを助けてください！」

と、吉乃が禅と咲耶の会話に口を挟んだとき、

「白雪が攫われたってどういうこと!?」

騒がしい足音と共に、知らせを聞きつけた鈴音が部屋に飛び込んできた。

「どうして白雪が狙われたの!?」

「す、鈴音さん……」

綺麗に結われていたはずの髪も呼吸も、乱れている。

鈴音は花魁としてお客様の前ではいつも気品に溢れているのに、琥珀の手に持たれていた紙を見ると、大きな目をより一層大きく見開いた。

「まさか、吉乃と間違われて……!?」

鈴音が、わなわなと身体を震わせた。

動揺している鈴音を見た琥珀は、

「鈴音さん、落ち着いてください。幸い、ここには咲耶様もいらっしゃいます。白雪さんの救出は、すぐにでも行われることでしょう」

そう声をかけ、改めて咲耶の方へと振り返った。

「咲耶様。裏切り者に関しましては、楼主である僕が責任を持って対処いたします。ですから、今はどうか攫われた白雪さんの救出を一刻も早くお願いいたします」

「わ、私からも、お願いします！　どうか、雪ちゃんのことを助けてください！　どうか、どうかお願いします！」

琥珀に続いて吉乃も咲耶に頭を下げた。

ふたりの頼みを聞いた咲耶は静かに目を閉じると、スッと右手の人差し指を胸の前に立て、息を吐いた。

「え……」

次の瞬間、咲耶の指先が薄紅色の光を放つ。

その光はいくつもの桜の花びらに形を変え、どこか遠くへ飛んでいった。

「い、今のは？」

「神威の隊士たちに俺の伝令を届けるための神術だ」

「伝令を……」

「まず、遊女の保護を最優先とすること。帝都吉原の秩序を守るのは、我々、神威の仕事だ。攫われた遊女も必ず無事に見つけよう」

そう言うと咲耶は吉乃を見て、穏やかな笑みを浮かべた。

喉の奥が熱くなった吉乃は、まさに神に祈るような気持ちで咲耶の目を見つめ返した。

「琥珀、その紙をもう一度見せてくれ」

「は、はい」

「やはり……僅かだが、紙に邪気が残っているな」

琥珀から犯人の置き手紙を受け取った咲耶は、なにかの呪文を唱えはじめた。

すると、白い紙が赤い炎をまとって燃え、残った煙の向こうに建物のようなものがぼんやりと揺らめいた。

「い、今のは――」

「切見世長屋の近くにある、お歯黒堂だわ！」

「お歯黒堂？」

「帝都吉原で命を落とした遊女を祀るお堂のことよ。でも、なんでお歯黒堂が煙の中に見えたのかしら……」

難しい顔をした鈴音は、少し考え込んでからハッとして咲耶を見上げた。

「まさか、お歯黒堂に白雪が捕らえられているのでは……っ」

「可能性はあるな。犯人の誘いに乗るのは癪だが、行ってみる価値はある」

そうして咲耶は部屋の窓に近づくと、再び右手の人差し指を胸の前で立て、なにかの呪文を唱えはじめた。

咲耶はこれからお歯黒堂に向かうつもりだ。

それに気がついた吉乃は、慌てて咲耶のそばまで駆け寄った。

「ま、待ってください！　犯人の目的は私なんですよね!?　でしたら私も一緒に連れていってください！」

自分の身と交換すれば、犯人を刺激することもなく、白雪を救出できるかもしれない。

吉乃はそう考えて咲耶に同行を申し出たが、吉乃の頼みを咲耶が聞き入れることはなかった。

「目的がお前であるなら、余計に連れてはいけない。大丈夫だ。遊女は必ず連れ戻す」

「でも……っ」

「どちらにせよ、吉乃を狙った時点で俺は此度の侵入者を許さない。だからお前は大人しく、俺の帰りを待っていろ。――約束だ」

咲耶はそれだけ言って吉乃を見て微笑むと、薄紅色の光の中に消えてしまった。

咲耶が消えたあと、桜の花びらが一枚、はらりと舞って吉乃の手の中に落ちてきた。

（咲耶、さん）

吉乃はその花びらを握りしめると、白雪と咲耶の無事を祈った。

「まぁまぁ、あいつが大丈夫っつーなら、なんとかなるだろ。っていうか、あいつに適う奴なんて早々いねぇしな」

「ふぅ……。とりあえず、いつまでもここに突っ立っていても仕方がない。見世の者とお客様には、今日はお開きにしていただいて、後日仕切り直しをさせてもらうようにお願いしよう」

そう言うとクモ婆は、絹と木綿にそれぞれ客を返す手筈を整えるようにと伝えた。

「ああ、それと琥珀。あんたも、お歯黒堂に向かった方がいいんじゃないか？」

「え……僕もですか？」

「咲耶様は攫われて怯えている白雪の世話まではしてくれないだろうよ。白雪だって助けられたあと、気心が知れた者がいてくれた方がいいに決まっているさ」

確かに、クモ婆の言う通りだ。

琥珀も納得したのか、少し考える素振りを見せてから改めて口を開いた。

「しかし、裏切り者の件もあります。僕は楼主として、そちらの件を片付けるべきかとも思うのですが」

「ハッ！　そんなもん、私がどうにでもするよ！　だから、あんたはさっさとお歯黒堂に向かいな。早くしないと、手遅れになるかもしれないよ。さぁ、行った行った！」

強い口調でクモ婆に詰め寄られた琥珀は、むむむ……と悩んだ末、咲耶を追ってお歯黒堂に向かうことを決めた。

「わかりました。では、僕はお歯黒堂へ向かいます。浮雲さん、あとはよろしく頼みます」

「ああ。任せな」

そうして琥珀は部屋を出た。

残っているのは吉乃に鈴音、そして吉乃の客としてやってきた禅だけだ。

「あーあ。なんだか興が冷めちまったな。んじゃあ、俺もお暇させてもらうとするか。久々の登楼だったんだけどなぁ、まぁ、仕方ねぇな」

頭を掻きながら、禅が扉へと歩を進める。

そんな禅を吉乃は慌てて追いかけようとしたが、前に出た吉乃をクモ婆が静かに制した。

「え？」

「鈴音。禅殿のお見送りは、あんたが行きな」

「で、でも、禅さんは私のお客様ですし……」

「そうよ。吉乃が見送りに行くべきだわ」

キッパリと鈴音も言い返した。

するとクモ婆は小さく息を吐いてから、鈴音を厳しい目で見上げた。

「吉乃は今、精神的に参ってる。自分の身代わりに、白雪が得体の知れない者に攫われたんだ。今の吉乃に、お客様の相手をするのは無理だよ」

断言されて、吉乃の胸がズキリと痛む。

反射的に下を向いた吉乃を見た鈴音は、呆れたように息を吐いてから背筋を伸ばした。

「……仕方がないわね。今回だけよ」

「鈴音さん……」

「あんたは今は、大人しくしていなさい。あんただって、狙われているのは間違いないんだから」

それだけ言うと鈴音は禅の見送りのために部屋を出た。

結局、部屋に残されたのは吉乃とクモ婆のふたりとなった。

(また、私のせいでみんなに迷惑をかけてしまった……)

静かになった部屋の中で、吉乃は白雪の明るい笑顔を思い浮かべた。

侵入者が吉乃を攫おうとした目的はもちろん、吉乃の惚れ涙を手に入れるためだろう。

ここまで来ると、はた迷惑な力だとさえ思えてくる。

大切な友達まで危険に晒す力を、吉乃は心の底から恨めしく思った。

「雪ちゃん、本当に大丈夫でしょうか」

ぽつりと溢した吉乃の声は震えている。

「ああ、きっと大丈夫さ。——これでようやく、邪魔者がいなくなったからね」

「え……？」

けれど次の瞬間、思いもよらない返事を聞いた吉乃は驚いて振り返った。

（聞き間違え——？）

と、思ったのは束の間、視線の先にいたクモ婆が、みるみるうちに恐ろしい女郎蜘蛛の姿に変貌した。

「きゃ……っ!?」

いつの間にか部屋の中に張り巡らされた蜘蛛の糸が、吉乃の身体の自由を奪う。

「クモ婆？」

なにが起きたのか事態が飲み込めない吉乃は、姿を変えたクモ婆を前に声を震わせた。

「これ以上、余計なことを喋れないように、まずは口を塞がせてもらうよ」

「んん……っ！」

クモ婆の糸が吉乃の身体の自由だけでなく、口元に巻き付いて声を出す術（すべ）まで奪う。

「壁に耳あり対策はこれで万全。ついでに障子の目も私の糸で隠してやったから、目撃者は誰もいないよ」

（クモ婆……!?）

「おっと、そうだ。忘れる前に、〝アレ〟も取り上げておかないとねぇ」

（アレって……、っ!?）

蜘蛛の糸がスルリと、吉乃が着ている着物の襟から侵入する。

そして、蜘蛛の糸は吉乃が首から下げていたとんぼ玉の入った巾着袋を取り上げた。

「これがあると、色々と面倒だからね」

（それは――っ）

吉乃の抵抗も虚しく、クモ婆はとんぼ玉を巾着袋ごと、部屋の隅に放り投げてしまった。

壁にぶつかった勢いで、巾着袋から薄紅色のとんぼ玉が転がり出る。

とんぼ玉は無情にも吉乃から離され、畳の上で鈍い光を放った。

（クモ婆、どうして……？）

クモ婆は、思わずゾッとするほど邪悪な笑みを浮かべている。

これまで吉乃が見てきたクモ婆とはまるで別人だ。

「さぁ、行こうか」

クモ婆が女郎蜘蛛の姿のままでなにかの呪文を唱えはじめる。

（な、なに、これ……っ）

するとクモ婆の身体から無数の蜘蛛の糸が出てきて、吉乃の身体にまとわりついた。

まるで蚕の繭だ。

あっという間に吉乃の視界は闇に染まり、真っ暗な世界で吉乃は自分の身体が宙に浮くのを感じた。


「――っ、ここ、は？」

そうして次に吉乃が見たのは、どこまでも黒に染まった殺風景な世界だった。

黒の世界には二本の樹があり、樹と樹の間に張り巡らされた蜘蛛の巣に、吉乃は手足の自由を奪われたまま磔にされていた。

見れば足元に何十匹もの子蜘蛛たちがいて、今にも吉乃の身体を這い上がってこようとしている。

「ヒッ……！」

「驚いたかい？　ここは、私が作った秘密の空間さ」

「クモ婆……？」

顔を上げれば目の前にある巨木の枝に、女郎蜘蛛の姿のクモ婆がぶら下がっていた。

「帝都吉原の地下の空間の歪みに、幻術で根城を創り上げたんだ。異空間にこうした場所を創れるのは私のように強い力を持った妖か、神だけ。ここはね、私の巣さ。あんたの足元にいるのも、私が秘密裏に育てた可愛い部下たちだよ」

クモ婆の声に応えるように、吉乃の足元にいる子蜘蛛たちがザワザワと不気味にうごめいた。

いくつもの目に睨み上げられ、吉乃の背筋を嫌な汗が伝う。

「ふふっ。なにが起きたのかわからないって顔をしているねぇ。いいだろう、教えてやる。私はね、約一カ月半、あんたを攫う機会をず～っと狙っていたんだよ」

「そんな……」

「根気良く待ったおかげで、誰にも警戒されずに今の状況を作り上げることができた。まぁ、今日、咲耶殿が禅殿についてきたのは予想外だったが……計画はなんなく実行できた。さすが、紅天楼の遣手婆だろう？」

そう言ったクモ婆は、八本の脚を不気味に動かして身体をくねらせ、吉乃が見慣れた人型に戻った。

吉乃の胸がズキリと痛んだのは、やはり自分を攫った女郎蜘蛛はクモ婆だったのだと、改めて思い知らされたからだ。

そのまま不気味な笑みを浮かべたクモ婆は、蜘蛛の糸を辿って吉乃の目の前まで下りてくる。

けれど、ギラリと光る目は、どこか悲しみを映しているようにも見えた。

「わ、私がいなくなったら、まずは楼主である琥珀さんが黙っていないはずです」

「ハッ！　自惚れもいいところだねぇ。まぁ、確かに最初は琥珀たちもあんたを探すかもしれないが、遊女なんて所詮使い捨てさ。あんたひとりがいなくなっても、新しい女が入ってくるだけで、困る奴なんて誰もいない。だから安心して、あんたは私の傀儡になりな」

その言葉を合図に、足元にいた子蜘蛛たちが一斉に吉乃を取り囲むように移動した。

吉乃は一瞬怯みかけたが、精いっぱい恐怖を押し込め、クモ婆を見つめ返した。

「傀儡に……って、私をここでどうするつもりですか？」

「そりゃあ、あんたの利用価値なんてひとつじゃないか。あんたから絞り出した涙を闇市場を使って売り捌き、ひと儲けしようってだけの話さ」

クモ婆は大蜘蛛やがしゃ髑髏とは違い、金儲けのために吉乃を利用しようというわけだ。

「あんたの涙を飲んだ奴はあの蛭沼のように、あんたが恋しくてたまらなくなる。そうなったら神威の尋問官が蛭沼にしたように、〝吉乃に会いたきゃ言うことを聞け〟と言って脅せば、あんたの惚れ涙を飲んだ奴はあんたに会いたいがために無茶な命令でも聞くって算段さ。そうやって他者の心を操れると知ったら、惚れ涙をほしがる奴らが集まってくると思わないかい？」

「そ、そんなの、すぐにクモ婆が関与しているとわかるに決まってます！」

「ハッ！　私はそこまで馬鹿じゃないさ。涙を売り捌く相手は当然、帝都吉原でもある程度の富を持つものに限る。そういう奴らは、自分の地位を守るために狡賢く口が堅い。それに今だって、地上じゃ私に化けた部下の子蜘蛛が、紅天楼を仕切って隠蔽工作をしてくれているし、私を疑う者なんて誰もいやしないよ」

クモ婆は今回の混乱の最中で吉乃が何者かに攫われ、姿を消したことにしようと画策していた。

そして、咲耶や琥珀が戻ってきたら子蜘蛛と入れ替わり、「自分が不甲斐ないばかりに吉乃を守れなかった」と涙ながらに頭を下げるつもりだと話を続けた。

「私は紅天楼で長年、遣手として多くの者たちの信頼を得てきた。私が言うことなら誰でも簡単に信じるさ。さっきだって、みんな私の言いなりになったろう？　それにまさか、連れ去られたはずのあんたが、帝都吉原の地下に作られた空間の歪みの中に捕らわれているだなんて、誰も想像しないだろうからねぇ」

「灯台下暗しってやつさ」と付け加えたクモ婆は、吉乃の顔をまじまじと見やった。

「あんたの頼みの綱のとんぼ玉も置いてきたから、咲耶は白雪を助けて戻ってきたところであんたの居場所はわからない。まったく……がしゃ髑髏のときは、あのとんぼ玉のせいで咲耶に見つかって失敗したからね。今回は、しっかりと対策を練らせてもらったよ」

と、続けられた思いもよらない言葉に、吉乃は目を大きく見開いた。

「がしゃ髑髏って、まさか……」

「ああ、そうさ！　あいつらは私が裏で唆して、あんたを攫わせた。それで、あいつらに罪を被せて殺したあとで、あんたをここに連れ去ろうと思っていたんだが……。あいつら先に、咲耶に見つかっちまってさ。あんたたちが見逃した切見世長屋の遊女は、口封じのために私が消したってわけだ！」

興奮したクモ婆が叫ぶ。

まさか、あのふたりもクモ婆の差し金だとは思わなかった。

「がしゃ髑髏たちには子蜘蛛を通して命令を伝えていたから正体を明かされる心配はなかったが……。やっぱり、低級な妖は使い物にならないね。あのときは一瞬、ヒヤリとしたよ」

クモ婆の言葉を聞いた吉乃は、あることを思い出した。

『なぁ、いいだろ。涙をちょいと流してくれるだけでいいんだ。――あいつに渡しちまう前にさ』

あのとき、がしゃ髑髏は確かにそう言っていた。

どういうことかと吉乃は疑問に思ったが、そのときは恐怖が勝って、深く考える余裕がなかった。

(でも、今ならわかる。がしゃ髑髏が言っていた〝あいつ〟は、クモ婆のことだったんだ)

「あいつらには、吉乃を攫ったら、一生金に困らない暮らしをさせてやるって言ってたんだけどねぇ」

「夢を叶えてやれなくて残念だ」と続けたクモ婆の言葉を聞いた吉乃の胸には、驚きと怒りと絶望の渦が押し寄せた。

「雪ちゃんは……？　雪ちゃんは、無事なの？」

「なんだって？」

「あのときのことも、今回のこともクモ婆が計画したことなら、雪ちゃんが攫われたのもクモ婆の計画の一部ってことでしょう!?　雪ちゃんは大丈夫なの!?」

吉乃の脳裏で、切見世長屋の遊女と白雪が重なる。

少し考えればわかることだ。紅天楼の灯りが消えたことも白雪が攫われたことも、クモ婆の計画の一部だったに違いない。

「何者かに雪ちゃんを攫わせたのは、咲耶さんと琥珀さんの目を欺いて紅天楼と私から離れさせるため」

そのためにわざと結界の札を剥し、外部からの侵入者があったと錯覚させた。

「今の話が本当なら、また子蜘蛛かなにかを使ったんでしょう？　雪ちゃんは本当に無事でいるの？　切見世長屋の遊女のように……殺してなんていないよね!?」

声を絞り出した吉乃は、懇願するようにクモ婆を見つめた。

最悪の事態が脳裏を過る。

吉乃は、自分のせいで白雪を危険な目に遭わせてしまったことを思い知り、悔しくなった。

「雪ちゃんに、なにかあったら――」

「ヒーッヒッヒッヒッ！　こりゃあ傑作だ！」

けれどクモ婆は白雪の身を案じる吉乃を前に、腹を抱えて笑いだした。

「なに……なにがおかしいの？」

「ハッ！　ほんと、甘っちょろい女だねぇ。あんたまさか、今回の計画が私だけでここまでできたとでも思ってんのかい？　本当におめでたい女だよ」

「……どういうこと？」

クモ婆の真意が汲み取れない吉乃は、眉根を寄せて難しい顔をした。

そんな吉乃を見たクモ婆は、手から蜘蛛の糸を垂らしてニヤリと嗤う。

「途中までの推理はお見事だよ。でもね、白雪に関しては笑うしかない。なんてったって、私の協力者の心配までしているんだからねぇ」

「協力者……？」

「ああ、そうさ。白雪は私の指示で動いている、私の傀儡さ。今も白雪には、少しでも長く咲耶と琥珀の気を引いて、お歯黒堂に引き留めるようにと言ってある。あの子は、あれでも将来の花魁候補だからねぇ。演技と口説きはお手のものさ」

予想外の事実を知らされ、吉乃は全身から血の気が引いていくのを感じた。

（まさか、そんな……）

白雪がクモ婆と共謀していたなんて信じられない。

だとしたら白雪は一体いつから、吉乃を騙していたというのか。

「雪ちゃんが、クモ婆の仲間だなんて絶対に有り得ない！」

「フッ。白雪はね、幼い頃からず〜っと現世に憧れを抱いていた。だから、あんたを利用すればすぐにでも現世に行けると言ったら簡単に話に乗ってきたよ。所詮、遊女の世界なんて騙し騙されの化かし合い。……騙される方が悪いのさ」

そう言ったクモ婆の目はまた、心なしか寂しそうに見えた。

対して、今度こそ目眩を覚えた吉乃は、全身から力が抜けて項垂れる。

信じられない。信じたくない。

けれど吉乃は以前、白雪本人から、現世についての気持ちを聞かされたことがあった。

『だからね、私、いつか現世に行くのが夢なんだ』

そう言った白雪は空を見上げて、大きな瞳を輝かせていた。

（じゃあ本当に雪ちゃんは、現世に行きたいがためにクモ婆に協力したの？）

「がしゃ髑髏にあんたが攫われたときにもね、予め決めていた場所まであんたを連れていって、あんたをひとりにするのが白雪の役目だったのさ」

「嘘……」

「嘘じゃないよ。実際、あんたを花街に誘い出したのだって、白雪だったろう？　切見世長屋の遊女のところまで、あんたが運ばれていくのを見届けたのも白雪だよ」

クモ婆の言葉に、吉乃はまた、あることを思い出した。

咲耶に助けられた吉乃が紅天楼に戻ってきたとき、吉乃の無事を喜んだ白雪が抱きついてきた際に感じた臭い――。

あれは、白雪が普段身につけているものではなかった。

（そうだ、あれは切見世長屋で嗅いだ臭いと同じものだった。だから私は、違和感を覚えたんだ）

見世の中に籠りきりでは心労が溜まるからと、琥珀に吉乃の外出を願ったのも白雪だった。

(じゃあ、本当に雪ちゃんはクモ婆の仲間なの?)

心を覆う悲しみは、あっという間に吉乃の気持ちを弱らせる。

『吉乃ちゃんは、私の友達だもん』

白雪は吉乃にできた初めての友達だった。

信じたい。信じられない。

ふたつの想いの狭間で揺れ動く吉乃の目には、じわじわと涙が込み上げてきた。

「雪ちゃんがクモ婆の仲間だなんて……そんなの、信じられない」

「おお、美しい友情だ。信じていたものに裏切られる衝撃は相当なものだろう。私も、今のあんたの気持ちは痛いほどよくわかるよ」

そう言ったクモ婆はまた、どこか寂し気に笑っていた。

「でもね。残念ながら、白雪は最初から騙すつもりであんたに近づいたのさ。馬鹿な吉乃。私ならあんたを死ぬまで可愛がってやれる。さぁ、そのまま涙を流しな。私がたっぷり有効活用してやるからさ」

クモ婆は、吉乃の顎を掴んで上を向かせる。

(私は、クモ婆のことも親切で優しい人だと信じていたのに……)

二重に裏切られた吉乃の心は、絶望の闇に覆いつくされた。

「ほら、泣いたら楽になれるよ。涙には、心を洗う力があるんだ。だからさっさと泣いて楽になっちまいな」

けれど、次に告げられた言葉を聞いた吉乃は、あることを思い出した。

――涙には、心を洗う力がある。

それは咲耶と出会った日に、桜吹雪の中で咲耶から告げられた言葉だった。

『涙には、心を洗う力があると聞く。だから、これからは我慢せずに泣きたいときに泣くといい。ひとりでは心細くて泣けないというのなら、俺がそばにいてやろう』

そう言った咲耶は吉乃を優しく抱きしめてくれた。

吉乃に触れる咲耶の手はとても温かくて、吉乃に大きな安心感を与えてくれたのだ。

（もし、私が本当に泣くことがあるのなら、私は咲耶さんのそばで泣きたい――）

泣きたいと思ったときにそばにいてくれる相手は、他の誰でもない咲耶が良い。

「……こんなところで、私は泣かない」

「なんだって？」

「私は絶対に、クモ婆のために泣いたりしない！」

力いっぱい叫んだ吉乃は、強く鋭い目でクモ婆を睨んだ。

薄紅色の瞳が、美しい光をまとう。

それまで吉乃が声を荒らげた姿を見たことのなかったクモ婆は、驚いた様子で一瞬吉乃から距離を取った。

「今度は、玉ねぎをいくつ出されたって負けない。私は強くなろうって決めたの。咲耶さんに花嫁だと言ってもらえることを誇れる遊女になりたいと思うから！」

卑怯者の思い通りになんてならない。

咲耶の言葉と吉乃の中に生まれた強い気持ちが、弱い心を奮い立たせた。

「生憎、酷い言葉を浴びせられるのも、酷い仕打ちをされることにも私は慣れてる。だから、私をいくら傷付けたところで涙は流れない。残念でした。なにをされても私は泣かない」

酷い養父母の元で、散々鍛えられた結果だ。

まさか、こんなところで役に立つとは思わなかったと、吉乃は初めてあのふたりに感謝した。

「私の涙が手に入らなければ、クモ婆の計画は失敗に終わるのでしょう？」

「ハッ！　そうはさせないさ！　そこまで強情を張るってんなら、ご希望通り、あんたが泣いて謝るまで痛めつけてやるから覚悟しな！」

けれど、クモ婆とて簡単に引いたりはしなかった。

強がる吉乃を前にしたクモ婆はまた女郎蜘蛛へと姿を変え、身体から数多の糸を吐き出した。

「あんたが私を怒らせたのが悪いのさ！」

（やられる……！）

けれど、反論したことに悔いはない。

そう思った吉乃が思わず目を閉じようとした瞬間、

「え……？」

突然目の前を、一枚の桜の花びらが音もなく優雅に横切った。

「グ……ッ、な、なにが起きたんだい!?」

その桜の花びらは眩い光を放って、黒く染まっていた世界を薄紅色に染め上げた。

「あ……っ」

次の瞬間、吉乃の身体を拘束していた糸と蜘蛛の巣が壊れ、宙に放り出された吉乃の身体は温かい腕に抱き留められた。

「――やれやれ。こう何度も危ない目に遭われると、俺が吉乃を監禁してしまいたくなるな」

「咲耶……さん？」

ふわりと舞うように現れたのは咲耶だった。

吉乃は咲耶に抱きかかえられたまま、ゆっくりと地に足をおろした。

「け、結界を破って入ってきたのか!?　そもそも、どうしてここがわかった！　とんぼ玉は、確かに紅天楼に置いてきたはずなのに！」

「その答えは吉乃の手のひらの中だ」

「手のひらの中？」

驚いた吉乃が握りしめていた手を開くと、そこには桜の花びらが握られていた。

それは白雪奪還のために咲耶が紅天楼を去った際に舞った桜の花びらだ。

（これ……あのとき掴んで、ずっと握りしめたままだったんだ）

吉乃自身も気付かなかった。

当然、クモ婆が気付くはずもない。

「その桜の気配を追って、ここへ来た。まぁ、桜やとんぼ玉がなくとも、俺には吉乃の大体の居場所はわかるがな」

咲耶の言葉に吉乃は首を捻ったが、今はどういうことかと尋ねられる状況ではなかった。

「とりあえず、この狭い空間から出るぞ」

「ハッ！　ここは私の巣なんだ。そう簡単に出られるはずが――」

出られるはずがない、とクモ婆が言い切るより先に、咲耶が足をついた場所から眩い光が放たれ、辺りの景色が一変した。

「う……っ。ここ、は？」

「お歯黒堂だ。女郎蜘蛛の巣を壊して、俺が飛んできた場所へと戻った」

咲耶の言葉を聞いた吉乃はすぐに、クモ婆を見る。

地面に這いつくばったクモ婆は、忌々しそうに咲耶のことを睨みつけていた。

「まさか、私が百年もかけて創った空間を、こうも簡単に消し去るとは……」

「所詮、中途半端な力を持った妖が創った、まやかしの空間だ。幻術を解いてしまえば空間は消え、現実に帰ってくる。それだけの話だ」

咲耶はこともなく答えたが、人である吉乃にはそれがどれほどのことかもわからず、ただ呆然と聞いていることしかできなかった。

「ああ、吉乃さん！　本当に無事で良かった！」

と、背後から声が聞こえて振り返れば、そこには琥珀に白雪、そして禅と鈴音の姿があった。

「どうして、禅さんや鈴音さんまでここに……？」

琥珀と白雪がお歯黒堂にいるのはわかる。

けれどなぜ、禅と鈴音までいるのかわからず、吉乃は心の中で首を捻った。

「鈴音に、どうしてもお歯黒堂に連れて行ってほしいと頼まれたんだよ。まぁ、花魁の頼みを断る男はいねぇだろ？」

面白そうに答えたのは禅だ。

禅は続けて、「いや、咲耶なら断るか」と、呟いた。

「浮雲さん……。まさか、裏切り者の正体があなただったとは今でも信じたくありません」

そう言った琥珀は失望した様子でクモ婆を見る。

当のクモ婆は、悔し気に顔を歪めていた。

「話はすべて、白雪さんから聞きました。本当に、心の底から残念に思います」

その白雪は、鈴音に肩を抱かれて項垂れている。

髪は乱れ、すっかりと怯え切っている様子だ。

「あなたに、もう逃げ場はありませんよ」

「白雪ぃぃぃ！　お前、白状したら自分がどうなるかわかってやったのか!?」

あまりの剣幕に、吉乃の肩がビクリと揺れた。

するとそれに気づいた咲耶が、吉乃を安心させるようにそっと優しく抱き寄せた。

「本当のことを話すように白雪を説得したのは私よ」

「鈴音ぇ!?」

「計画が失敗に終わって残念だったわね。でももう、あなたはここで終わりよ！」

鈴音が白雪の身体を抱きしめる。

そうして鈴音はここに至るまでの経緯を話しはじめた――。

＊＊＊

『お願い、私をお歯黒堂に連れていって！』

クモ婆に言われて見送りのために部屋を出た鈴音は、禅にそう懇願して頭を下げた。

初めは渋っていた禅も、鈴音の必死な様子に絆され、烏天狗の力で鈴音を抱えて、お歯黒堂までひとっ飛びでやってきた。

『す、鈴音姉さん⁉』

すると、そこには取り乱す白雪を必死に宥める琥珀と、神威の隊士たちに指示を出す咲耶がいた。

けれど鈴音は、白雪が泣きながら酷い暴行を受けたと必死に訴えている割に衣服が乱れていないことに不審感を抱いて、白雪を問い詰めたという。

『白雪。あなた、なにかを隠しているわね』

鈴音の問いに、白雪は初めは目を泳がせて事実を誤魔化そうとした。

『もし、隠し事があるのなら正直に言いなさい。今なら私はあなたを信じる。これ以上、大切な妹を疑いたくはないの』

しかし結果として、鈴音のその言葉が白雪の心を動かす引き金となった。白雪はその場に崩れ落ち、一連の出来事の真実を鈴音と禅、琥珀と咲耶に打ち明けた――。

「ごめんなさいっ。本当に本当に、ごめんなさい……」

泣き崩れた白雪は、吉乃に向かって頭を垂れ、地面に額を擦りつける。

その光景を見た吉乃の胸は酷く痛んだ。白雪は本当に、クモ婆の共犯者だったのだ。

「白雪の純真さに付け込んだ、醜い老いぼれ婆が！　地獄に堕ちろ！」

叫んだ鈴音が、白雪を守るように前に立つ。

クモ婆はその光景を見ながら、また悲し気に顔を歪めた。

「ふん……女同士の友情や姉妹愛など、どうせすべてまやかしさ」

「クモ婆……？」

「私がまだ若い頃、とある見世で雑用係をやっていたときにね、私には友人と呼べる人の女がいた。なんでも相談し合える、親友とも呼べる仲だったさ。でもその子は、私を呆気なく裏切ったんだ」

そうして静かに話しはじめたクモ婆は当時を思い出したのか、苦しそうに声を震わせた。

「小見世の遊女だったその娘は、私の婚約者だった妖をたぶらかし、自分を身請けさせて帝都吉原を出た。そう、その子が私に近づいたのは、最初から私の婚約者を奪って自分が苦界から抜け出すためだったのさ」

「そんな……」

「それから帝都吉原に取り残された私は必死で働き、紅天楼の遣手婆の地位まで上り詰めた。私の婚約者の心を惑わせたあの女のことを、私は一生忘れない。他人のものを——卑怯な方法で奪うなど、許せることじゃないからね！」

そこまで言ったクモ婆が吉乃を睨む。

その目には悲しみと憎悪が滲んでいた。

「あんたの涙は、とても危険な代物さ」

「クモ婆……」

「放っておけば、いつか私のような思いをする者が出てくるかもしれないと、私は蛭沼の一件を経て確信した！　だから私が、きちんと管理してやらないと！　私が、私があんたを……っ」

クモ婆が叫ぶ。吉乃はクモ婆の想いを聞きながら、自身の胸が痛むのを感じた。

（クモ婆はお金のために私の涙を欲していると言ったけど、本当は今言ったことが目的だったんだ）

「浮雲さんの苦しみは、わかりました。でも……だからと言って、切見世長屋の遊女を消したことは許されることではありません」

もちろん、身勝手な考えで吉乃を勝手に危険分子として排除しようとしたことも間違っている。

しかし琥珀の言葉を聞いたクモ婆は、

「あの女はね、現世で妻子のある男たちを何人もたぶらかし、いくつもの家庭を壊したことが原因で帝都吉原に送られてきた、法でさばけぬ罪人だったのさ」

そう言うと、怒りでワナワナと身体を大きく震わせた。

「放っておいても近々身が朽ち果てるところだった。だが、現世であの女に苦しめられた者たちは、その程度の死に方で納得するかい？　私は、あの女のような奴を許すことができない。他人の心を踏みにじる奴は、妖よりもよっぽど恐ろしい化け物さ！」

「あ……っ」

そこまで言うとクモ婆は突如上体を反らし、あちこちに蜘蛛の糸を張り巡らせた。

「どうせ、あんたたちに私の気持ちなどわからないだろう！　こうなったら悪人らしく、最後まで足掻かせてもらうよ！　がしゃ髑髏を利用し、切見世長屋の遊女を手にかけた私は、どの道、地獄行きが決まっているからね！」

クモ婆のその言葉を合図に、地面から有象無象の蜘蛛たちが這い出てきた。

あまりの数に吉乃は悲鳴を上げそうになったが、そばにいた咲耶が震える吉乃の身体をさらにキツく抱き寄せた。

「琥珀、禅。ゴミはお前たちと部下に任せる。俺はこちらの婆をやろう。ぬかるなよ」

そうして咲耶は吉乃を自分の背後に守るように立たせると、恐ろしい女郎蜘蛛の姿になったクモ婆と対峙した。

「吉乃、お前は俺から離れるな」

「小童(こわっぱ)が。誉れ高き神かなにか知らないが、数百年を生きた私の苦しみを思い知れ！」

クモ婆の吐き出した糸が、咲耶の身体を素早く捕らえた。

「咲耶さんっ！」

思わず叫んだ吉乃を、咲耶が辛うじて糸から逃れた右腕で制して止める。

「ふん、口ほどにもない男だ。私の糸はこの私と同じで執念深く、一度捕らえられたら簡単に解くことはできない。このまま美味しく喰ってやろう！」

吉乃たちの後ろでは、次から次へと這い出る子蜘蛛を、琥珀や禅、そして神威の面々が退治していた。

グワッと大きく口を開けたクモ婆が、咲耶に迫る。

それに、思わず吉乃が目を閉じようとしたら——。

「品のない食事だ」

咲耶を捕まえていた蜘蛛の糸がプチプチと千切れ、ドス黒い炎が咲耶の全身を包み込んだ。

「な、なんだと……!?」

「思ったほどの執念深さも強度もないな。残念だ。これではまた一瞬で片がついてしまう」

そう言った咲耶は腰に差していた刀を抜き、静かになにかを唱えはじめた。

すると銀と薄紅色だった咲耶の髪が黒く染まり、手にした刀が禍々しい空気をまとう。

「そ、それが鬼の邪気か!? なぜ、誉れ高き神である貴様が鬼の力を扱えるのだ!?」

「なんだ、長く生きているくせに知らないことばかりだな。俺は誉れ高き神だか、魂の半分は神堕ちし、鬼と化しているというだけの話だ」

魂の半分が神堕ちして鬼と化している——。

予想外の事実に吉乃が驚いているうちに、咲耶の刀がクモ婆を突き刺した。

「ギャアアアア！」

「恨みに心を食いつぶされたお前は、弱く醜い妖だ。地獄行きを覚悟しているのなら、望み通りこのまま本物の地獄へ送ってやろう」

言葉と同時に、クモ婆の身体が咲耶と同じ黒い靄に包まれた。

相変わらず咲耶の髪は闇を塗り付けたように黒いままで、瞳は血で染まったような紅色だった。

「あああ、うう……」

クモ婆がうめき声を上げる。

（違う……これは私が望む結果じゃない！）

「お願い、待ってください！」

咄嗟に前に出た吉乃は、咲耶が刀を持つ手を掴むと、クモ婆にとどめを刺そうとした咲耶を止めた。

「吉乃……？」

「もう十分です！　これ以上、クモ婆を苦しめないであげてください！」

吉乃の身体も咲耶がまとう黒い靄に包まれる。

それでも吉乃は咲耶から決して手を離さなかった。

クモ婆はもう虫の息だ。とどめを刺さずとも、しばらくは動けそうにない。

震える身体で必死に自分を止める吉乃を見た咲耶は、力が抜けたように構えていた刀を下ろした。

「今の俺に触れていたら、お前まで邪気にあてられてしまうぞ」

「それでも構いません！　私、言いましたよね!?　もうなにもできないまま、後悔するのは嫌だって！」

大蜘蛛のときも、蛭沼のときも、がしゃ髑髏のときも。吉乃は怯えて縮こまり、咲耶に守られていることしかできなかった。

けれど、今は違う。

咲耶に対する想いもそうだが、たった今目の前で消されそうになっているのは、吉乃がまったく知らない相手ではない。

「確かにクモ婆は、許されないことをしました。でも、今の話を聞いたら……私はどうしても、クモ婆を責める気にはなれないのです！」

信じていた相手に裏切られ、深い恨みを抱いていたクモ婆。

だがクモ婆は吉乃を危険分子だと言いながらも、遊女として育てようともしていた。

もちろん、そのすべては吉乃の警戒心を解く下準備に過ぎなかったと言われればそれまでだ。

それでも今日まで吉乃に遊女としての知識や稽古をつけてくれたのは他でもないクモ婆で、彼女は根気良く吉乃に付き合い、優しい言葉をかけてくれた。

「そいつは自分でも自覚している通り、大蜘蛛や蛭沼、がしゃ髑髏と同じ罪人だ。それなのに、そいつだけは生かしたいというのは、それこそ手前勝手で、偽善的な考えだと思わないのか」

「咲耶さんの仰る通りだと思います。でも、たとえ裏があろうと、クモ婆が私に良くしてくださったのは事実なんです。だからやっぱり、私はこのままクモ婆を見殺しにはできません！」

本当に身勝手で、甘ったれた奴だと批難されても仕方がない。

それでも吉乃は頑として譲らなかった。

邪気にあてられた咲耶に臆することなく立ち向かう吉乃。

そんな吉乃を前に、咲耶は逡巡したのち呆れたような息を吐いた。

「では、お前はそいつをどうするつもりだ。どちらにせよ、不穏をもたらしたその女郎蜘蛛は神威の処分対象。今、生かしたところで、結局は粛清される運命なんだぞ」

紅い瞳に見つめられ、吉乃は一瞬怯みそうになった。

（どうしよう。どうすればいい？）

このままでは、どのみちクモ婆は消されてしまう。

遅かれ早かれの話だ。それならいっそのこと、ここで咲耶の手にかけられた方が苦しまずに済むのかもしれない。

「なにより、ここで逃がせば、いつまた吉乃に害をなすとも限らない」

「わかっています。わかっているけど、私は——」

そのときだ。吉乃は自分の頬を、温かいなにかが伝い落ちるのを感じた。

「なみ、だ……？」

咲耶も驚いて目を見開く。

吉乃は自分でも気づかぬうちに、涙を溢していた。

「私、なんで……」

どうしてこのタイミングで涙が流れるのだろう。

吉乃は頬を伝う涙の温もりを感じながら、茫然と立ちすくんだ。

けれど、直後、〝ある発想〟が頭に浮かぶ。

「涙……。そうだ、涙……！　私の涙を、クモ婆に飲ませます！　そうすれば、クモ婆は私の話を聞いてくれて、私を襲うこともなくなるかもしれませんよね!?」

「なにを言って――」

目を丸くした咲耶に背を向けた吉乃は、頬を伝う涙の雫を人差し指の背にすくってのせた。

そして、意を決してその涙の雫をクモ婆の口の中にぽたりと落とす。

（クモ婆、ごめんなさい！）

次の瞬間、クモ婆の身体が薄紅色の光に包まれて、女郎蜘蛛の姿から吉乃がよく知る人型に戻った。

「これ、は……」

「ぐ、う……っ。ゲホッ、けほっ」

咳き込んだクモ婆が、ゆっくりと目を覚ます。

「クモ婆！」

自身の顔を心配そうに覗き込む吉乃を見たクモ婆は、突然キラキラと瞳を輝かせた。

「よ、吉乃？　ああ、吉乃……。吉乃……っ」

「わ……わわっ!?」

と、クモ婆は、勢いよく起き上がったかと思えば、間髪入れずに吉乃の身体に抱きついた。

さっきまで虫の息だったのが嘘のようだ。吉乃は戸惑いながらも、恐る恐るクモ婆の顔を覗き込んだ。

「ク、クモ婆？」

「……離れろ」

だが、クモ婆が顔を上げるより先に、咲耶が苛立った様子でふたりを引き剥がした。

そうすればクモ婆は残念そうに眉を下げて、ちょこんと吉乃の前に畏まった。

「今、とても苦しかったのに、温かいなにかが口の中に入ってきたと思ったら、突然身体が楽になってね」

「……それも、惚れ涙の効果のひとつだ」

「そうなんですか？」

「ああ。〝涙は心を洗う〟。つまり惚れ涙が女郎蜘蛛の〝心身の傷〟を洗って癒したというわけだ」

まさかの効能だ。

でも咲耶はどうして惚れ涙の効能にまで詳しいのだろうかと、吉乃は思わず首を捻った。

「蛭沼のときは奴の心が醜すぎたせいで、逆に悪人としての本性を涙が暴いたようだったが……」

つまりクモ婆は、蛭沼のように根っからの悪人ではなかったということだろう。

（一か八かの賭けみたいな方法だったけど、悪い方向に動かなくて良かった……）

「今の話が本当なら、吉乃が私を助けてくれたんだね。でも私は、あんたにとんでもないことをしてしまったのに、どうして助けてくれたんだい？」

と、不意にクモ婆に尋ねられた吉乃は、今、咲耶に話したばかりの素直な想いをそのまま伝えた。

そうすれば、クモ婆は顔を歪ませながら肩を落して、

「本当にすまない、この通りだよ。もう二度と、あんたを危険な目には遭わせない。吉乃のおかげで目が覚めたんだ」

そう言うと、今度は深々と頭を下げた。

（本当に、惚れ涙の力ってすごい……）

クモ婆は先ほどまでの暴れようが嘘みたいに、吉乃に対して従順になってしまった。

「吉乃は私の命の恩人だよ。それだけじゃない、今の私はなぜか心がすっきりしているんだ」

――涙は心を洗う。

恨みに囚われたクモ婆の心が晴れたのも、惚れ涙の効果なのだろう。

「私は、吉乃のためならどんなことでもすると誓うよ。私はなにがあっても一生、あんたについていくからね」

「え、えーと……」

「……まさか、このようなことになるとは、さすがの俺も予想外だ」

「咲耶、さん？」

「これでは、女郎蜘蛛を斬るのは気が引ける。……というか、なんだか萎えた」

次の瞬間、咲耶がまた呆れたように息を吐いた。

そのまま咲耶は、刀を鞘に納める。すると、それまで禍々しい空気を放っていた咲耶の身体から黒さが消えて、瞳の色も紅から元の黒色に戻っていった。

髪も恐ろしい闇色から、銀と薄紅色の美しい髪へと変わる。

咲耶が元の姿に戻ったのを見た吉乃は、ホッと胸を撫で下ろした。

「吉乃、お願いだよ！　これからはあんたの言う通りにするから、あんたのそばであんたの世話をさせてくれ！」

「で、でもそれは……」

「ふぅ。ようやくすべて片付いて来てみれば……なにやらおかしなことになっていますね」

「琥珀さん!?」

と、不意に話に割って入ってきたのは琥珀だ。

弾かれたように吉乃が振り向けば、いつの間にか子蜘蛛たちは退治され、地面に裏返ってのびていた。

「子蜘蛛共は数ばっか多いだけで、なんの手応えもなかったぜ」

余裕たっぷりに言ったのは禅だ。

琥珀も禅も傷ひとつない様子に、吉乃はホッと息を吐いた。

「で、コイツらはどうするんだ?」

そう言った禅はクモ婆だけでなく、鈴音に支えられている白雪のことも顎で指した。

「今回のことは、神威の将官としては見過ごせぬ事案だ。この婆もそうだが……白雪と言ったか。命までとることはないが、お前にも重罰がくだされるだろう」

重罰――。つまり白雪はこのままでは、切見世長屋行きというわけだ。

そして、そこで使い捨ての遊女として低級妖に魂を喰われ続け、一生を終えることになる。

吉乃は慌てて咲耶を見上げると、再び声を上げようと口を開いた。

「お待ちください！」

と、吉乃が叫ぶ前に叫んだのは鈴音だ。

鈴音は白雪から離れて前に出ると、咲耶を真っすぐに見つめた。

「白雪は私が面倒を見てきた子です。この子の罪は、姉である私の罪。裁くなら、どうか私をお裁きください！」

力強い鈴音の言葉を聞いた白雪は、涙を溢しながら鈴音のそばまで駆け寄った。

「鈴音姉さん……！　だめです、私が悪いんです！　すべての罰は、私自身で受けますから、どうか私を見捨ててください！」

「いいえ、私はわかっているわ。白雪、あんたはまだ本当のことをすべて話していないでしょう？」

鈴音の問いに、白雪は狼狽えた様子で視線を彷徨わせた。

そんな白雪を見て鈴音が呆れたように小さく笑う。

そして震える白雪の身体を、再び優しく抱き寄せた。

「あんたがクモ婆に加担したのは、現世行きに目がくらんだわけじゃない。私を想ってしたことでもあったんだろう？」

次の瞬間、鈴音のその言葉を合図に、白雪は張り詰めていた糸がプツリと切れたようにワッ！と声を上げて泣き出した。

「ごめんなさい、本当に本当にごめんなさい！」

「雪ちゃん……？」

「私は、鈴音姉さんに憧れていました！　いつか鈴音姉さんが夢を叶えたときに、一番近くにいることが私の一番の夢だったんです！」

「え……」

そこまで言った白雪は、嗚咽を漏らしながら今回のことに至った経緯を話しはじめた。

「最初は、同い年の吉乃ちゃんが見世に来てくれたことがただ嬉しくて——」

けれどその後、絹と木綿が吉乃に惚れ込んでいるのを見て驚いた。

なにより、白雪がクモ婆に加担することを決めた一番の原因は蛭沼の一件だった。

「あんなに鈴音姉さんに惚れ込んでいた蛭沼様が、吉乃ちゃんの惚れ涙を飲んだ途端にあんなことになってしまって……。それだけじゃない。咲耶様まで吉乃ちゃんに夢中で、鈴音姉さんに恥をかかせたのが許せなかった」

このままではいずれ、吉乃は鈴音の地位を脅かす存在になるかもしれない。

鈴音を姉として慕う白雪は、そうなる前にクモ婆の誘いに乗って吉乃を排除することを決めたというわけだった。

「やっぱりあなたがクモ婆に加担したのは、私のためだったのね」

鈴音の問いに、白雪が涙を流しながら小さく頷く。

話を聞いた吉乃は、身体から力が抜けていくのを感じた。

「よ、吉乃ちゃんさえいなくなれば、咲耶様も鈴音姉さんの元に通ってくれるのではないかとも思って――」

「馬鹿！　あんたは本当に馬鹿だよ。それで私が喜ぶと、本気で思ったの!?」

鈴音が目に涙を溜めて白雪を叱責する。

すると白雪はまた崩れ落ちて大粒の涙を流した。

「ごめんなさいっ。吉乃ちゃん、鈴音姉さん……っ。本当に本当にどうしようもない馬鹿で、ごめんなさい……」

必死に謝る白雪を見た吉乃は、まるで自分のことのように胸が痛むのを感じていた。

同時に、この約一カ月半と少しの日々を思い出す。

帝都吉原に来てからというもの、吉乃のそばにはいつも、白雪がいてくれた。

同室で、同い年なのだから当然と言えば当然かもしれない。

けれど白雪は吉乃が稽古で上手くいかないときはいつも、励まし、支えてくれたのだ。

（クモ婆と同じで、それらがすべて偽りだったとしても……）

友達と言ってくれたこと。

　自分に笑いかけてくれたことが——吉乃はとても、嬉しかった。

「雪ちゃん……もう、顔を上げて」

「吉乃、ちゃん……？」

「もう謝らないで。もう十分、雪ちゃんの気持ちは伝わってきたよ。これまで雪ちゃんの気持ちに気付けなくて、本当にごめんね」

　もし、吉乃と白雪が本当に心を許せる友人関係だったのなら、こんなにも白雪が気持ちをこじらせることもなかったのかもしれない。

　そもそも蛭沼の一件が引き金となったのなら、吉乃にも責任がある。

　なにより吉乃はこれまで白雪に励まされることはあっても、白雪を励ますことは一度もなかった。

（私が雪ちゃんにとって頼れる存在だったら……雪ちゃんを、ここまで追い詰めることもなかったはず）

　そうして吉乃は咲耶に向き直ると、今度は深々と頭を下げた。

「今回、被害を受けたのは私です。でも、私はクモ婆にも雪ちゃんにも厳罰がくだされることは望みません。どうか今回のことは不問に付していただけませんでしょうか。お願いします。——お願いします」

もちろん、こんな身勝手な願いが聞き入れられるとは思えない。

また偽善的だと罵られてしまうだろう。

それでも吉乃は必死に頭を下げ続けた。

咲耶が納得してくれるまで。何度だって頭を下げようと思えたのだ。

「吉乃ちゃん、どうして……？　私は、吉乃ちゃんのことを騙していたのに……」

自分のために頭を下げる吉乃を見て、白雪が表情に戸惑いを浮かべる。

ゆっくりと顔を上げた吉乃は、もう一度白雪へと目を向けた。

「もちろん、聞いたときは落ち込んだし、今も悲しい気持ちはあるよ。でも、本当に勝手だけど、私は雪ちゃんに友達だって言ってもらえたとき、すごく……すごく、嬉しかったから。本当に嬉しくて、十数年ぶりに〝幸せ〟を感じることができたの」

大袈裟かもしれない。でも生きていたら、こんな気持ちになれることがあるのかと胸が震えた。

吉乃にとって白雪は、間違いなく大切な友達だ。

たとえそれが一方通行の想いであっても、吉乃にとって白雪はもうかけがえのない存在になっていた。

「大切な友達が辛い思いをするのは、私には耐えられません」

そう言った吉乃の目からは再び大粒の涙の雫が溢れ落ちた。

薄紅色に輝くその涙はとても美しく、その場にいたすべての者の心を惹きつけ、魅了した。

「見るだけでも、こんなに心を揺り動かされるものなのか……」

思わずといった調子で呟いたのは禅だ。

そんな禅から吉乃を隠すように、咲耶が吉乃を強く抱き寄せた。

「咲耶、さん……?」

「やはり、吉乃が流す涙は吉乃の魂と同様に、清らかで美しい」

「え……」

「だが、お前の泣き顔を他者に見られるのは気に食わない。俺の前以外では簡単に泣いてくれるな。絶対だ」

そう言った咲耶は慈しむように吉乃の髪を優しく撫でた。

温かい手の温度を感じたら、余計に目からは優しい涙が溢れ出す。

「吉乃の気持ちはよくわかった。——琥珀。今回だけの特例として、このふたりの処遇はお前に任せることとしよう」

「よ、よろしいのですか!?」

「ああ。琥珀も最初に、〝裏切り者に関しましては、楼主である僕が責任を持って対処いたします〟と言っていたことだしな。それと……蛭沼の件で鈴音に貸しを作っていた分も、これで清算とさせてもらおう」

咲耶の言葉を聞いた鈴音は「もちろんです！」と答えた後、再び白雪の身体を強く抱きしめた。

そうして咲耶のその言葉の通り、ふたりの処遇は琥珀に一任され、その場で粛清されることは免れた。

「吉乃、これで納得したか？」

「はい……！　咲耶さん、本当に本当に、ありがとうございます……！」

ふわりと、吉乃の顔に笑顔の花が咲く。

初めてハッキリと笑顔を見せた吉乃を、咲耶は愛おしげに見つめていた。

「――今回のことで俄然、吉乃の水揚げが楽しみになってきたな」

しかし、そんなふたりを見ながら禅が、小さく笑う。

吉乃の水揚げまで……あと二週間を切っていた。

水揚げ

「吉乃は、今日も本当に綺麗だよ！　まるで菩薩様を見ているようだねぇ」

　紅天楼が混乱した大事件から二週間後。

　今日はいよいよ、吉乃の水揚げ——初魂の儀が執り行われる日だ。

「これなら禅殿も大喜びさ！　いや、喜ばなけりゃ、私が禅殿を張っ倒してもいいね。吉乃を傷付ける奴は、この私が許さないからね」

　フン！と鼻を鳴らしていきり立っているのは他でもない、クモ婆だ。

　クモ婆はあの一件で吉乃の惚れ涙を飲み、すっかり吉乃に惚れ込んでしまっていた。

『しばらくは様子見になりますが……。浮雲さんも白雪さんも、紅天楼の大切な仲間です。これを機に、おふたりが心を入れ替えて、もう一度見世を盛り上げてくれたら嬉しいです』

　咲耶にふたりの処遇を一任された琥珀は結局、クモ婆も白雪のことも切り捨てなかった。

　結果としてふたりは紅天楼に残ることになり、クモ婆は相変わらず遣手として働き、白雪も遊女見習いとして鈴音の妹分を務めていた。

今回の采配を願い出たのが吉乃であることを知った帝都吉原に住む者たちは、今は紅天楼の異能持ちの遊女は仏のような心を持った女だと噂をしている。

『吉乃ちゃん。今まで本当にごめんなさい。信じてもらえないかもしれないけど、私は吉乃ちゃんの友達だって胸を張って言えるようになるまで、頑張るから』

あの日、泣きながら吉乃に頭を下げた白雪のことを、吉乃は責める気にはなれなかった。

『こちらこそ、これからは本当の意味で雪ちゃんと友達になれたら嬉しい』

そう言ってぎこちなく微笑んだ吉乃を前に、白雪はやっぱり泣きながら何度も『ごめんね、ありがとう』と呟いた。

「ああ、いいじゃない。桜色の着物がよく似合っているわね」

と、ふらりとやってきたのは鈴音だ。

あの一件以降、吉乃と鈴音の関係にも変化があった。

＊　＊　＊

『……吉乃。これまで、あなたには色々と辛く当たってきて悪かったわ』

鈴音はそう言うと、改めて白雪の件も含めて吉乃に謝罪の言葉を述べた。

それと同時に、どうしてこれまで吉乃に厳しい態度をとってきたのか、本当の理由も教えてくれた。

『私は、白雪が私を特に慕っていることをわかっていた。だから私が吉乃に必要以上に優しくすれば、白雪があなたに対抗心を燃やしてしまうのではないかと思ったのよ』

鈴音いわく、白雪は以前から、鈴音の邪魔になるような者に対して険悪な態度をとることがあったという。

鈴音はその度に白雪を注意してきたが、鈴音を守りたい、鈴音の力になりたいと願う白雪の想いは相当に強く、あの事件を招いてしまったというわけだ。

鈴音が吉乃を妹分として引き受けることを嫌がった理由も同じだ。

吉乃に優しくして懐かれたら白雪を刺激することになるかもしれないと、鈴音は敢えて吉乃を自分から遠ざけた。

『結局、白雪を止められなかったのは、私の力不足のせい。可愛い妹の想いひとつ操縦できないなんて、私は花魁失格だわ』

そう言った鈴音は、呆れたように小さく笑った。

吉乃は話を聞きながら、鈴音に惹かれた白雪の気持ちがわかるような気がした。

『白雪ともこれからよく話して、しっかりと言い聞かせるわ。そして、私もあの子のこと、これまで以上に厳しく見ていくつもり。もう二度と、間違った道は選ばせない。

それだけは今、しっかりとあなたに誓うわ』

胸を張って前を向く鈴音はやはり、美しかった。

凛としていて力強く、文字通り高嶺の花だ。

『あの……私からも鈴音さんに、聞いてもいいですか？』

『どうしたの？』

『その……鈴音さんは、咲耶さんのことを慕っていらっしゃるのですか？　咲耶さんの花嫁の座を狙っているというお話を聞きまして、その……私……』

思い切って尋ねた吉乃に対して、鈴音はキョトンと目を丸くした。

そして数秒間を空けてから、珍しく声を上げて笑い出した。

『アハハッ、突然神妙な顔でなにを言うかと思ったら』

吉乃は恥ずかしさで頬を赤く染め、顔を上げることができなかった。

そんな吉乃を見た鈴音は、フフッと小さく笑みを溢す。

『私がもし、咲耶様を慕っていると答えたらどうするの？』

『そ、それは……』

『嘘よ、大丈夫。私は咲耶様のことはなんとも思っていないから安心して。というか、寧ろ、この私を袖にし続けるいけ好かない男……と、忌々しく思っているくらいよ』

予想外の返事に、今度は吉乃が驚いて目を丸くした。

対する鈴音は人差し指を唇の前に立て、『内緒よ』と色っぽい笑みを浮かべる。

『私ね、夢があるの』

そうして続けられたのは、白雪が口にした〝白雪の本当の夢〟につながる話だった。

『私は将来、帝都吉原で見世を持ちたいの。白雪には以前からその話を打ち明けていて……。もし、私の夢が叶ったら、そのときはそばで支えてほしいと言っていたのよ』

『鈴音さんが、帝都吉原の妓楼の楼主に……ですか？』

『ええ。私が遊女になったのも、その夢を叶えるため。現世にいたときの私は、ただ両親の言うことを聞くだけのつまらない女でね。だけど一度きりの人生、自分の思うままに生きないと後悔すると思ったから家を飛び出した』

けれど、そこまで言った鈴音は、『でも結果としてそれが、あの子を暴走させる原因にもなったのだけれど』と呟き、寂しそうに笑った。

『私は絶対に自分の夢を叶えてみせる。そのためには莫大なお金と権力が必要なの。私が誰の花嫁にもなるつもりがないのは、それが理由よ。今はお客様たちとの絆を深めて、自分にしっかりと力を蓄えたいの』

そう言った鈴音は、希望に満ちた目で空を見上げた。

帝都吉原の歴史は長いが、これまで人の女が楼主を務めた例は一度もなかった。

（鈴音さんは初めての、人の女楼主になろうとしているんだ）

もし本当に実現すれば、帝都吉原に新たな歴史を刻むことになるだろう。

人の女が楼主を務める遊郭。きっと、大きな話題にもなるはずだ。

『だから私は、咲耶様をどうこうというより、咲耶様の権力に興味があっただけ。そういう意味では、最初にあなたが咲耶様と噂になって、紅天楼にやってきたときは焦りもしたけど……。だって神威の将官を味方にできれば心強いじゃない？　夢を叶えるためには少しでも長く遊女として生きて、たくさんの支援者を得ておきたいしね』

清々しいほどに言い切った鈴音を、吉乃はまぶしく感じていた。

『花魁になったときに、〝ひとつだけ願いが叶えられる〟という話を帝にされたけど、その願いを残してあるのも、将来自分の見世を作るためなのよ』

『え……』

『吉乃もさすがに、噂くらいは聞いたことがあるでしょう？　花魁になったら願いをひとつだけ叶えられる。あれはね、本当よ。帝都政府を率いる帝が、本当に願いを叶えてくれるの』

それは以前、吉乃も聞かされた話だった。

(だけどあのときは、迷信のようなものだと思って……)

今の鈴音の話では、本当のことらしい。

咲耶も『本当の話だ』と言っていたことを考えれば、もう絶対的な真実だ。

『でも、叶えられる願いにはいくつか条件があって――』

『他者の心を手に入れられるような願いは叶えられない、ですか？』

『あら、知っていたの。そう、たとえ特別な力を持つ人ならざる者の王でも、人の気持ちを変えることは無理って話らしいわね』

だからこそ吉乃の惚れ涙の力は狙われるのだと、以前、咲耶が言っていた。

――やっぱり、他者の心を強制的に手に入れる力は恐ろしく、安易に使って良いものではないということだろう。

『ちなみに私は、紅天楼よりも大きな見世がほしいとお願いしようかと思っているのよ』

『べ、紅天楼よりも大きな見世ですか？』

『ええ、もちろん。それくらいじゃないと、やり甲斐がないじゃない。年季が明けるまでにもっと貪欲な願いを思いつけば、そっちを頼んでやろうとも思っているわ』

艶やかに笑った鈴音は抜け目なく、なによりとても美しかった。

『……私、やっぱり悔しいです』

『悔しい？』

『だって、鈴音さんはあまりに遠くて、まるで追いつける気がしないので』

でも、今は不思議と心は晴れている。

『鈴音さんのお話を聞けて良かったです。これからも、鈴音さん――いえ、鈴音姉さんから、たくさんのことを学ばせていただければ嬉しいです』

まだ笑い慣れないせいで、吉乃の笑顔はぎこちない。

けれど、そんな吉乃を見た鈴音は、

『勝手に学びなさい。あなたも私の可愛い妹分だからね』

と、凜として応えてくれた。

＊　＊　＊

「吉乃、大丈夫だから。あなたらしくやっておいで」

つい二週間前の会話を思い出していた吉乃は、鈴を転がしたような鈴音の声で我に返った。

今日の水揚げのために着ている着物は、鈴音が買い与えてくれたものだ。

「本当に素敵なお着物を、ありがとうございます」

「お礼は水揚げが無事に終わってから言いなさい。さぁ気張って。いってらっしゃい」

背中を叩かれた吉乃は、改めて背筋を伸ばす。

今、鏡に映る自分は、つい二カ月前の自分とはまるで別人だった。

長い髪を結い、綺麗なかんざしをつけ、艶やかな着物を身にまとっている。

（……大丈夫。もう迷わない）

心の中で自分自身に言い聞かせた吉乃は、前を向いて歩き出した。


「そう緊張されると、俺もなかなかやりづらいんだがなぁ」

けれど、固めたはずの決意は禅を前にしたら、豆腐のように頼りないものになった。

「す、すみません。さっきから失敗ばかりしてしまって」

水揚げと言えど、まずは雰囲気作りからと教えられていた吉乃は、前回同様、お酌からはじめ、いくつかの芸事を披露する予定だった。

しかし、最初にお酌でお酒を溢して失敗。琴も緊張で音を外してばかりいた。

結果として雰囲気作りをするどころか、禅には散々笑われる始末だ。

挙句の果てには緊張していることも見透かされ、吉乃はすっかり萎縮していた。

「今日は、お触りもありなんだぜ。だったらもう少し近くに寄れよ。これじゃあ、いつまで経っても距離が縮まらねぇ」

禅に催促された吉乃は、おずおずと足を動かし禅の隣に腰を下ろした。

今日は水揚げ――つまり、初めて魂の味見をされるのだ。

味見の方法は口付けで行われる。

でも、口付けが未経験の吉乃は、とにかく緊張しっぱなしだった。

「やり方は、ちゃんと教わってきたんだろう？」

「は、はい。でも、禅さんは慣れているから、禅さんに任せればいいとクモ婆には言われました」

吉乃の返事に禅が小さく舌を打つ。

「あの婆さん、お前にすっかり甘くなったなぁ。惚れ涙の力がそれほどすごいってことなんだろうが、本当になかなか厄介な力だな」

そう言った禅は、吉乃の薄紅色の瞳を覗き込む。

「だが……惚れ涙を飲まなくても、この目に見つめられるだけで、普通の奴ならコロッといきそうなもんだ」

「禅、さん？」

「お前が笑うだけで、なんか特別感もあるしな。ほんの少し、あの婆さんがお前に入れ込む気持ちもわかるような気がするぜ。ついでに——あいつの気持ちもな」

禅の言う〝あいつ〟が誰を指しているのか、緊張している吉乃にはわからなかった。

「まぁ、もう小難しいことはなしにして、そろそろ本題に移るとするか」

そう言うと禅は、吉乃の腰に手をまわした。

ドキン、と吉乃の胸の鼓動が大きく跳ねる。

（これから私は、禅さんに魂を食べられる——口付け、するんだ）

水揚げの際には壁の耳も障子の目も祓われる決まりのため、今は部屋の中には吉乃と禅のふたりきり。

吉乃も、禅が悪い男ではないということは、もうちゃんとわかっている。

それでも勉強のためにと、姉女郎たちが人ならざる者に魂を食べさせる様子を見てきた吉乃は、これからされることを想像して身を硬くした。

「なんか、お前の緊張がこっちにまで伝染りそうだわ」

「え——」

「なぁ、お前は俺にどうやって喰われたい？　初めてなんだし、お前がされたいようにしてやるよ」

そう言う禅は、驚くほど色っぽかった。

（でも、私がされたいようにしてくれるって言われても……）

口付けは、短いものから長いもの。

そして浅いものから深いものに加えて濃厚なものまで色々あると、吉乃は鈴音を含む姉女郎たちから教わってきた。

「や、やっぱり私には選べません」

「なんでだよ？」

「だって……だって、私は——」
言いかけて、言葉を止めた。
脳裏を過ったのは、咲耶の優しい笑顔だった。
(咲耶、さん……)
吉乃は思わず、胸元に手をあてて咲耶を想う。
今日も着物の下にはとんぼ玉を入れた巾着袋を首から下げて忍ばせてあった。
この二週間、吉乃は水揚げのことを考える度に咲耶のことを思い出していた。
自分を抱きしめる温かい腕。
何度も自分を助けてくれた咲耶のことを……。
いけないと思っていても、咲耶を想って胸を熱くせずにはいられなかった。
(ああ、やっぱり私は咲耶さんのことが——)
吉乃は、どうしようもなく咲耶に惹かれている。
(でも、そう思うことは許されない)
吉乃は遊女になるのだ。
この期に及んでも、咲耶のことを考えてしまう自分が嫌になった。
禅に対しても失礼極まりないことだ。
今は禅のことだけを考え、禅に身を委ねるべきなのに、吉乃の心の中には咲耶への想いが溢れていた。

「吉乃。いい加減、観念してこっちを向けよ」

けれど、そう言った禅が堪りかねたように吉乃に顔を近づけたら、

「ふ……へえええぇぇぇぇ～」

突然、気の抜けたような声を出して、禅はバタリと畳の上に倒れ込んでしまった。

「ぜ、禅さん!?」

驚いた吉乃は慌てて禅の身体を揺り動かした。

すると、どういうわけか、禅はグーグーと鼾をかいて気持ちよさそうに寝入っていた。

「人のものに手を出そうとするからだ」

「え――」

次の瞬間、艶やかな声と同時に、部屋の中に桜の花びらが舞う。

驚いた吉乃が振り向くと、窓際に座ってこちらを見る咲耶と目が合った。

「さ、咲耶さん!?　どうしてここに――」

思わず声を上げた吉乃は狐につままれたような顔をする。

対する咲耶はゆっくりと吉乃に向かって歩いてくると、そうすることが当然のように吉乃の身体を抱き上げた。

「俺以外の男に、吉乃の水揚げなどさせてなるものか。こいつが吉乃の唇に触れることを考えたら気が触れそうだ」

「え……」

「吉乃は俺のものだと、吉乃が生まれる前から決まっていた。吉乃の身体も心も魂も、桜色の唇も――すべて、俺だけのものだ」

そうして咲耶は吉乃を抱きかかえたまま紅天楼から姿を消すと、鳥居の中の桜の木の下まで飛んできた。

薄紅色の花びらが、夜の闇にまぎれて宙を舞う。

美しく咲き誇る桜は幻想的で、まるでここだけ時間(とき)が止まっているかのような錯覚を起こさせた。

「この桜は……咲耶さんのようですね」

美しく清廉で、何者にも邪魔されない凛とした強さを持っている。

満開の桜を見上げた吉乃は、思ったことをそのまま口にして小さく笑った。

すると、吉乃を地面に下ろした咲耶は、木の幹に触れながら薄紅色の景色を静かに見上げた。

「当然だ。この桜は、俺自身なのだからな」

「え……？」

「俺は元々、この桜の木を神木として祀られた山の神だった。俺とこの桜の木は、ふたつでひとつの存在なんだ」

思いもよらない話に、吉乃は驚いて目を見張る。

咲耶は桜の木を神木として祀られた山の神——。

どこかで聞いたことのある話だ。

その昔、山を護るための神が宿った桜の木の伝説を、吉乃は聞かされたことがあった。

「この桜の木は帝都吉原が創建された際に、この地を護る御神木に選ばれ、〝無理矢理〟ここに移植された」

「無理矢理って……」

「本来、俺には護るべき土地があった。けれど俺の力に目をつけた帝都政府と現世政府の役人の手により、俺は自分の意思とは関係なく、この場所に閉じ込められた」

ざわざわと、咲耶の瞳の色が紅く色付く。

それは黒い靄をまとったときと同じで、吉乃は思わず息を呑んだ。

「神でありながら恨みを抱いた俺の魂の半分は邪道に堕ち、邪気に満ちた鬼と化した。結果として俺は魂の半分が神堕ちした状態になり、鬼神と成り果てたのだ」

「鬼神……」

黒く染まりかけた髪が元の銀色と薄紅色に戻っていく。

瞳の色も紅から黒に戻ったのを見た吉乃は、安堵の息を溢した。

「今となっては、力を得られたことは幸運だったと言えるがな。常に有象無象の悪意が蔓延るこの地を護るためには、穢れた鬼の力も必要だ。神威の将官の地位についてからは、さらにそれを実感してばかりいた」

そこまで言うと咲耶は幹から手を離し、吉乃を振り返った。

桜を背負って立つ咲耶は今にも消えてしまいそうなほど儚げなのに、どうしようもなく目を惹きつけられる。

「どうして私に、そのように大切な話をしてくれたのですか？」

「それはお前が、俺の花嫁だからだ」

「花嫁って……」

「吉乃には俺の純粋な神力が生まれながらに備わっている。お前のその薄紅色の瞳も、異能である惚れ涙も、俺の神力がすべての根源なんだ」

思いもよらない話に衝撃を受けた吉乃は、返す言葉を失くして固まった。

（私の瞳の色と異能は、咲耶さんの神力が根源？）

意味がわからない。

吉乃の気持ちを察した咲耶は、今度こそ覚悟を決めたように口を開いた。

「俺が元々いた土地は、吉乃が生まれた木花村を抱く山々だ」

『木花村にはね、私たちが住むこの土地を護ってくれている、千年桜の伝説があるのよ』

それはずっと昔に、吉乃が両親から聞かされた話。

しかし、吉乃の両親は〝呪われた一族〟と呼ばれ、吉乃が幼い頃に亡くなった。

「吉乃の数百年前の先祖は、俺を大切に祀り、信仰していた一族だった」

吉乃の先祖は咲耶が宿る桜の木が帝都吉原に移植されるときにも、役人たちに『止めてくれ』と、必死に食い下がって抵抗したということだ。

しかし、結果としてその行為によって政府に睨まれ、木花村は数年間、税などの面で冷遇される羽目になった。

吉乃の先祖が〝呪われた一族〟と、呼ばれ出したのもそれがきっかけだ。

古い迷信で桜の木を祀り、政府に歯向かって村を危機に陥れたとなれば、村の人間が疎ましく思うのも当然だった。

「だが俺は、俺を守ろうと必死に政府の者に抵抗した吉乃の先祖たちに、心から感謝していた」

咲耶が完全に神堕ちしなかったのも、先祖たちのおかげだという。

先祖たちが自分の身を危険に晒してまで咲耶を守ろうとしたことが、咲耶はとても嬉しかったのだ。

「だから俺はそのときに、彼らがこの地を護れるようにと力を与え、祝福……つまり、自分の神力の一部を授けたんだ」

その神力が引き継がれる限り、彼らが生きる土地が干上がることのないようにと願いを込めて。

「そうして、巡り巡って俺の神力を強く持って生まれたのが吉乃というわけだ。吉乃がいる限り、あの土地は安泰のはずだったが……お前がここにいるということは、あの場所が枯れるのも時間の問題だろうな」

予想もしていなかった言葉に、吉乃は木花村の面々を思い浮かべた。

吉乃はあの村で長い間、冷遇を受けてきた。

当然、未練などない。

土地が枯れれば、養父母もどうなることかわからない。

「吉乃の名の由来を聞いたとき、彼らの子孫だと確信して胸が震えた。俺が愛し、大切に想ってきた者たちと、今度こそ深い縁で繋がった関係になれると思ったのだ」

吉乃が咲耶と初めて会ったとき、咲耶はとても驚いた様子だったが、こんな事実が隠されていたのだ。

「じゃあ、私は咲耶さんのものだと、私が生まれる前から決まっていた。私が咲耶さんの花嫁だというのも――それが理由ですか？」

咲耶に問いかけた吉乃は、複雑な気持ちで咲耶のことを見上げた。

咲耶が初めから自分を気にかけてくれていたのは、単に吉乃が咲耶の力を授かって生まれた子だったからなのだと思ったのだ。

（咲耶さんが私を花嫁だと何度も言ったのも、私の先祖が、咲耶さんの大切な人たちだったから？）

「吉乃？　なにを萎れている」

「……別に、萎れてなんていません」

「嘘をつくな。こっちを向け。俺を見ろ――」

そっと吉乃の頬に触れようとした咲耶の手を、吉乃は咄嗟にヒラリと躱した。

「……咲耶さんは、やっぱりなにもわかっていません」

「吉乃？」

「私が今、どんな気持ちなのか。咲耶さんが私のことを花嫁だと言う度に、どんな想いになったのか。絶対絶対、咲耶さんはわかってない」

ざわざわと桜の木が揺れ、ふたりを薄紅色の景色が包み込んだ。

赤くなった吉乃の頬を美しい涙が伝う。

それを見た咲耶は目を瞬くと、堪りかねたように破顔した。

「ふっ……ハハッ」

「ど、どうして笑うんですか⁉　私は真剣なのに……っ」

「ふっ……すまない。吉乃があまりに可愛くて愛しくて、勝手に顔が緩んでしまった。許せ」

「え──」

次の瞬間、一瞬の隙をついて咲耶が吉乃の身体を抱き寄せた。

途端に、吉乃の鼓動が波打つように鳴りはじめる。

密着したら咲耶にすべて伝わってしまうと思ったが、なぜだか今は、咲耶から少しも離れる気にはなれなかった。

「俺はお前のうちに秘められた静かな強さに惹かれた。吉乃の先祖たちが大切だからじゃない。俺は吉乃が大切で、愛しくてたまらないんだ」

「嘘……」

「嘘じゃない。だから吉乃、下を向くな。お前は常に俺をその瞳に映していろ」

「咲耶、さん……？」

「吉乃と俺は、比翼連理（ひよくれんり）だ。俺だけの、愛しい花嫁。他の誰にも譲るものか」

「ん──っ」

言葉と同時に、唇と唇が重なった。

すると次の瞬間、吉乃の身体を熱いなにかが駆け巡った。

(な、なに、これ……)

熱さは喉元を通り過ぎ、身体の中心で止まると、まるで燃えるように胸を強く焦がしたあと全身に染み渡ってから消えていく。

「い、今、のは……」

「お前の魂を俺が味見した」

「え……」

「よかったな。これで水揚げも終わった。あの馬鹿の世話になる必要はなくなったというわけだ」

不敵に笑った咲耶は、満足そうに吉乃の頬に手を滑らせる。

吉乃は未だに状況が飲み込めず、自身の胸に手をあてるだけで精いっぱいだった。

「予想通り、吉乃の魂は甘いな。だが、癖になる。吉乃は何度食べても飽きることがなさそうで危険だ」

そう言うと咲耶は、吉乃の額に自身の額を重ねた。ドキドキと胸の鼓動が鳴り止まないのは、咲耶の甘い言葉と綺麗な顔が、吐息もぶつかる距離にあるからだ。

「本当は——今すぐお前をここから連れ去ってしまいたい。お前の味を知る男は、俺だけで十分だ」

けれど、続けられた言葉に、吉乃の心は大きく揺れる。

水揚げも済み、十八になったら吉乃は正式な遊女となる。

そうなれば今のように、今度は客を相手に口付けをすることもあるのだ。

「このままお前を攫ってしまいたい。だが、今の俺はここからは離れられない、呪われた身だ」

そう言った咲耶はそっと目を伏せて、再び静かに話を続ける。

「先ほども話した通り、俺はこの桜の木と一心同体の存在だ。神木であるこの桜の木が帝都吉原にある以上、俺もこの地に縛り付けられる」

「それはつまり……咲耶さんは、私を身請けすることはできないということですか？」

「……ああ。それが、帝都政府との間に結ばれた契約だからだ。地獄に縛り付けられた俺は、現状から逃れることは許されない」

――契約というより、まるで呪いだ。

けれど吉乃は咲耶のその言葉を聞いて、ふとあることを思い出した。

「花魁になったら、ひとつだけ願いが叶えられる……」

（ああ、そうか）

本当にふたりは巡り会うべくして巡り会った、比翼連理なのかもしれない。

「吉乃？」

「今の話だと、咲耶さんは、今は帝都吉原を護る神様で、この桜の木がここにある限り、帝都政府に従い続けなければならないってことですよね？」

「ああ、そうだが……」

「わかりました。それなら、私にもできることがあります」

そう言うと吉乃は真っすぐに咲耶の目を見つめ返した。

力強く眩しい光をまとった美しい瞳に、咲耶は思わず見惚れてしまう。

「私は、紅天楼で花魁になります。そして花魁になれたら帝にお願いして、この桜の木を帝都吉原ではない別の場所に移してもらって咲耶さんの呪いを解きます」

——帝都の帝は、他者の心を手に入れられるような願いは叶えられないが、それ以外の願いなら叶えてくれる。

ようやく吉乃の言葉の意味を理解した咲耶は、驚いて目を見開いた。

対する吉乃は、咲耶を見て屈託のない笑みを浮かべる。

「そうすれば、咲耶さんは解放されるんですよね」

「だが……それでは吉乃に苦しい道を歩ませることになってしまう。俺は以前、帝都吉原では自己犠牲の精神など持っていても、己の首を絞めるだけだと言ったはずだ！」

「いいえ、これは自己犠牲などではありません。これまで私は何度も咲耶さんに助けていただきました。だからこれからは、私が咲耶さんを助けたい。咲耶さんをお慕いしていらからこそ、そうしたいんです」

そう言う吉乃の目には、薄っすらと涙の膜が張っていた。

花魁になる——それは正に茨の道を歩むということ。

それでも吉乃は咲耶を救うためなら、その道を行くことをためらわない。

咲耶だけじゃない、自分自身のためにもその道を選びたいと思うのだ。

「でも……花魁を目指す私を、咲耶さんは変わらず愛してくれますか？」

吉乃は咲耶の手を掴んで、そっと両手で包み込んだ。

これまでずっと、吉乃は迷い続けてきた。帝都吉原に来てからも、自分に遊女が務まるのか不安でしかなかったが、今ようやく覚悟ができた気がしている。

けれど花魁を目指すということは、咲耶以外に自身の魂を差し出すということだ。

（そうなれば、少なからず、今のままの私ではいられなくなるかもしれない）

いつまで魂が持つかもわからない。まさに命懸けの選択でもある。

「そんな私を、咲耶さんはすべてを終えたとき、花嫁に迎えてくれますか？」

「……っ、くだらないことを言うな！　後にも先にも、俺が愛するのは吉乃だけだ！

俺の花嫁は、吉乃以外に有り得ない！」

涙を浮かべた目で自分を見上げる吉乃を、咲耶は強く抱き寄せた。

「咲耶さん……必ずふたりで、ここを出ましょう」

「ああ。吉乃とふたりで帝都吉原を出ることが叶うその日まで、俺は吉乃と吉乃がいるこの場所を命を懸けて護り抜くと誓う――」

そう言った咲耶は再び、吉乃の唇に口づけた。

比翼連理――。

本当に、生まれる前からこうなることが決まっていたかのように、咲耶の身体に吉乃の身体は添うように収まった。

「咲耶さん、私はあなたのことが好きです。これだけはずっとずっと、覚えていてください」

吉乃が微笑むと、目尻に滲んだ涙を咲耶がそっと指先で拭ってくれる。

「俺も吉乃を愛している。この想いだけは、なにがあっても揺るがない」

そのままふたりは、空が白みはじめるまで桜の木の下で寄り添っていた。

いつまでも抱き合うふたりを、薄紅色の花たちだけが見守っていた――。

＊　＊　＊

「んん……？　あれ、俺は一体、どうなって……」

長い夜が明け、眠っていた禅が目を覚ましてゆっくりと身体を起こす。

「――禅さん、おはようございます。昨夜はありがとうございました」

「へ？」

「禅さんのおかげで、無事に遊女としての一歩を踏み出せます」

薄紅色の瞳を細めて吉乃が笑う。

禅はなにが起きたのかさっぱりわからない様子だったが、突然目を見開くと、前のめりで吉乃の顔を覗き込んだ。

「ま、まさか、惚れ涙の影響か!?」

「え？」

「昨夜のことを俺はさっぱり覚えてない！　まさか吉乃、お前……知らぬ間に、俺に涙を飲ませたのか!?」

禅は真剣だ。

吉乃はキョトンとしながら瞬きを繰り返すと、今度は息を吐くように顔を綻ばせた。

「ふふっ、どうでしょうか」

吉乃の目の前を一枚の桜の花びらが、静かに横切る。

ここは騙し騙され、化かし合いが常の世界。

昨夜の真実を知るのは、吉乃と咲耶のふたりだけ――。

終幕

「おい、いよいよ例の遊女が突き出しだってよ！　道中は見に行かないと損ってやつだぜ！」

まだ春も訪れる前。賑やかな花街は、一層の活気に満ち溢れていた。

「なんでも葦後屋の烏天狗の主人があの遊女にぞっこんだってんで、今回の突き出しの道中にかかる費用の半分と、寝具一式送ったらしいぞ」

「いやいや、それを言うなら、あの神威の将官だって！　遊女を大層大事にしているそうじゃねぇか！」

晴れやかな空。

今日は吉乃の十八歳の誕生日だ。

吉乃は今日から鈴音と共に七日間の花魁道中を行うことになっている。

今話題の異能持ちの遊女を見ようと、花街の仲之町通りにはたくさんの人ならざる者たちが集まっていた。

「おい来たぞ！　あれが噂の吉乃だ！」

「なんだよ、ここからじゃあ、まだ顔がハッキリと見えねぇよ」

絢爛豪華な深紅の着物に身を包んだ吉乃は、きらびやかな髪飾りと、唇には目が覚めるような赤い紅をひいていた。

薄紅色の瞳が、群衆を静かに見下ろす。

艶やかな吉乃の姿に、誰もが目を奪われて感嘆した。

「ああ、美しいなぁ。まるで天女のようじゃねぇか」

天女――そんな言葉が聞こえて、思わず吉乃は微笑んだ。

「さぁ、吉乃、行くよ」

「はい、姉さん」

しゃなり、しゃなりと花街の中心を闊歩する。

そっと目を開けた吉乃は、真っすぐに伸びた道を見つめながら愛しい彼の姿を思い浮かべた。

（これが、私がこれから歩いていく道――）

いつか、彼と心の底から笑い合うために。

命を懸けて、歩み続けようと決めた道だ。

「あ……」

そのとき、不意に強く風が吹いて、辺りに桜吹雪が舞った。

と、ふわり、ふわりと舞う桜の花びらが一枚、吉乃の手のひらに落ちてきた。

「──堂々と、お前らしく歩いていけ」

その道の先には必ず、愛しい彼がいる。

どんなときでも優しく見守り、支えてくれる彼の凛とした声を聞いた気がして、吉乃の顔には満開の笑顔が咲いた。

「咲耶さん、見ていてね」

桜の舞う道を、背筋を伸ばして歩いていく。

ゆっくり、ゆっくりと。

いつか、ふたつの道が交わるその日まで。

精いっぱい前を向いて生きていこうと決めた吉乃は、苦界と呼ばれるここ、帝都吉原──地獄で、笑った。

完

あとがき

こんにちは、小春りんです。『遊郭の花嫁』をお手に取ってくださり、ありがとうございます。

今作を書くにあたり、吉原の歴史や遊女について調べたところ、その奥深さと魅力にどっぷりとハマってしまいました。

しかし『遊郭の花嫁』では、あくまで現実の吉原・遊郭をベースにしつつも、私なりのお話を皆さんにお届けしたいと思い、最後まで頭を捻りました。

物語の舞台である帝都吉原は、あくまで架空の世界です。けれど、そこで生きる吉乃たちは私が当初想定していたよりも人間臭く、一筋縄ではいかない者たちばかりでした。

どんな苦境に立たされても、どんなに挫けてしまったとしても、自分の足で立ち上がれる人は素敵だと思います。

もちろん、苦しいときは休んでいい。周りの人に甘えて助けてもらってもいい。

そうしていつか再び顔を上げたときに、心から笑うことができればきっと、もう一度前を向いて歩きだせるはず。きっと幸せに巡り合えるはずだと私は信じています。

ここまでお付き合いくださり、本当にありがとうございました。

最後になりましたが、素敵な表紙を描いてくださった猫月ユキさん、デザイナーさん。スターツ出版の皆様。

そして今日まで支えてくださった、たくさんの読者様に心から感謝いたします。

また、コロナ禍で私たちが不安な日々を過ごす中でも、たくさんの素晴らしい書籍を世に送り出すために尽力してくださった書店員様を含む、すべての皆様。

本当に本当に、ありがとうございました。

どんな困難の先にも、希望があると信じて。

あなたとこうして〝繋がること（Ｌｉｎｋ）〟ができたことに。

そしてこれからもあなたの周りに、笑顔があふれますよう。

精いっぱいの感謝と、愛を込めて。

二〇二一年十一月　小春（こはる）りん（Ｌｉｎｋ）

この物語はフィクションです。実在の人物、団体等とは一切関係がありません。

小春りん先生へのファンレターのあて先
〒104-0031　東京都中央区京橋1-3-1　八重洲口大栄ビル7F
スターツ出版（株）書籍編集部 気付
小春りん先生

遊郭の花嫁

2021年11月28日　初版第1刷発行

著　者　　小春りん　©Lin Koharu 2021

発行人　　菊地修一
デザイン　フォーマット　西村弘美
　　　　　カバー　北國ヤヨイ
発行所　　スターツ出版株式会社
　　　　　〒104-0031
　　　　　東京都中央区京橋1-3-1　八重洲口大栄ビル7F
　　　　　出版マーケティンググループ　TEL 03-6202-0386
　　　　　（ご注文等に関するお問い合わせ）
　　　　　URL　https://starts-pub.jp/
印刷所　　大日本印刷株式会社

Printed in Japan

ISBN　978-4-8137-1180-3　C0193

スターツ出版文庫　好評発売中!!

『交換ウソ日記3～ふたりのノート～』　櫻いいよ・著

周りに流されやすい美久と、読書とひとりを好む景は、幼馴染。そして、元恋人でもある。だが高校では全くの疎遠だ。ある日、景は自分を名指しで「大嫌い」と書かれたノートを図書室で見つける。見知らぬ誰かに全否定され、たまらずノートに返事を書いた景。一方美久は、自分の落としたノートに返事をくれた誰かに興味を抱き、不思議な交換日記が始まるが…その相手が誰か気づいてしまい⁉ふたりは正体を偽ったままお互いの気持ちを探ろうとする。しかしそこには思いもしなかった本音が隠されていて——。

ISBN978-4-8137-1168-1／定価715円（本体650円+税10%）

『月夜に、散りゆく君と最後の恋をした』　木村 咲・著

花屋の息子で嗅覚が人より鋭い明日太は同級生の無愛想美人・莉愛のことが気になっている。彼女から微かに花の香りがするからだ。しかし、その香りのワケは、彼女が患っている奇病・花化病のせいだった。花が好きな莉愛は明日太の花屋に通うようになりふたりは惹かれ合うが…臓器に花の根がはり体を蝕んでいくその病気は、彼女の余命を刻一刻と奪っていた。——無力で情けない僕だけど、「君だけは全力で守る」だから、生きて欲しい——そして命尽きる前、明日太は莉愛とある最後の約束をする。

ISBN978-4-8137-1167-4／定価638円（本体580円+税10%）

『鬼の生贄花嫁と甘い契りを』　湊 祥・著

赤い瞳を持って生まれ、幼いころから家族に虐げられ育った凛。あることがきっかけで不運にも凛は鬼が好む珍しい血を持つことが発覚する。そして生贄花嫁となり、鬼に血を吸われ命を終えると諦めていた凛だったが、颯爽と迎えに現れた鬼・伊吹はひと目で心奪われるほどに見目麗しく色気のある男性だった。「俺の大切な花嫁だ。丁重に扱え」伊吹はありのままの凛を溺愛し、血を吸う代わりに毎日甘い口づけをしてくれる。凛の凍てついた心は少しずつ溶け、伊吹の花嫁として居場所を見つけていき…。

ISBN978-4-8137-1169-8／定価671円（本体610円+税10%）

『大正ロマン政略婚姻譚』　朝比奈希夜・著

時は大正十年。没落華族令嬢の郁子は、吉原へ売り渡されそうなところを偶然居合わせた紡績会社御曹司・敏正に助けられる。『なぜ私にそこまでしてくれるの…』と不思議に思う郁子だったが、事業拡大を狙う敏正に「俺と結婚しよう」と政略結婚を持ちかけられ…。突然の提案に郁子は戸惑いながらも受け入れる。お互いの利益のためだけに選んだ愛のない結婚のはずが、敏正の独占欲で過保護に愛されて…。甘い言葉をかけてくれる敏正に郁子は次第に惹かれていく。限定書き下ろし番外編付き。

ISBN978-4-8137-1170-4／定価682円（本体620円+税10%）

スターツ出版文庫　好評発売中!!

『30日後に死ぬ僕が、君に恋なんてしないはずだった』　茉白いと・著

難病を患い、余命わずかな呉野は、生きることを諦め日々を過ごしていた。ある日、クラスの明るい美少女・吉瀬もまた“夕方の記憶だけが消える”難病を抱えていると知る。病を抱えながらも前向きな吉瀬と過ごすうち、どうしようもなく彼女に惹かれていく呉野。「君の夕方を僕にくれないか」夕暮れを好きになれない彼女のため、余命のことは隠したまま、夕方だけの不思議な交流を始めるが──。しかし非情にも、病は呉野の体を蝕んでいき…。

ISBN978-4-8137-1154-4／定価649円（本体590円+税10%）

『明日の世界が君に優しくありますように』　汐見夏衛・著

あることがきっかけで家族も友達も信じられず、高校進学を機に祖父母の家に引っ越してきた真波。けれど、祖父母や同級生・漣の優しさにも苛立ち、なにもかもうまくいかない。そんなある日、父親と言い争いになり、自暴自棄になる真波に漣は裏表なくまっすぐ向き合ってくれ…。真波は彼に今まで秘めていたすべての思いを打ち明ける。真波が少しずつ前に踏み出し始めた矢先、あることがきっかけで漣が別人のようにふさぎ込んでしまい…。真波は漣のために奔走するけれど、実は彼は過去にある後悔を抱えていた──。

ISBN978-4-8137-1157-5／定価726円（本体660円+税10%）

『鬼の花嫁四～前世から繋がる縁～』　クレハ・著

玲夜からとどまることなく溺愛を注がれる鬼の花嫁・柚子。そんなある日、龍の加護で神力が強まった柚子の前に、最強の鬼・玲夜をも脅かす力を持つ謎の男が現れる。そして、求婚に応じなければ命を狙うと脅されて…⁉「俺の花嫁は誰にも渡さない」と玲夜に死守されつつ、柚子は全力で立ち向かう。そこには龍のみが知る、過去の因縁が隠されていた…。あやかしと人間の和風恋愛ファンタジー第四弾！

ISBN978-4-8137-1156-8／定価682円（本体620円+税10%）

『鬼上司の土方さんとひとつ屋根の下』　真彩-mahya-・著

学生寮で住み込みで働く美晴は、嵐の夜、裏庭に倒れている美男を保護する。刀を腰に差し、水色に白いギザギザ模様の羽織姿…その男は、幕末からタイムスリップしてきた新選組副長・土方歳三だった！　寮で働くことになった土方は、持ち前の統制力で学生を瞬く間に束ねてしまう。しかし、住まいに困る土方は美晴と同居すると言い出して…⁉　ひとつ屋根の下、いきなり美晴に壁ドンしたかと思えば、「現代では、好きな女にこうするんだろ？」──そんな危なっかしくも強くて優しい土方に恋愛経験の無い美晴はドキドキの毎日で…⁉

ISBN978-4-8137-1155-1／定価704円（本体640円+税10%）

スターツ出版文庫　好評発売中!!

『記憶喪失の君と、君だけを忘れてしまった僕。2～夢を編む世界～』　小鳥居（ことりい）ほたる・著

生きる希望もなく過ごす高校生の有希は、一冊の本に出会い小説家を志す。やがて作家デビューを果たすが、挫折を味わいまた希望を失ってしまう。そんな中、なぜか有希の正体が作家だと知る男・佐倉が現れる。口の悪い彼を最初は嫌っていた有希だが、閉ざしていた心に踏み込んでくる彼にいつしか救われていく。しかし佐倉には結ばれることが許されぬ秘密があった。有希は彼の幸せのために身を引くべきか、想いを伝えるべきか揺れ動くが…。その矢先、彼を悲劇的な運命が襲い――。１巻の秘密が明らかに!? 切ない感動作､第２弾！

ISBN978-4-8137-1139-1／定価693円（本体630円+税10%）

『半透明の君へ』　春田（はるた）モカ・著

あるトラウマが原因で教室内では声が出せない“場面緘黙症”を患っている高２の柚葵。透明人間のように過ごしていたある日、クールな陸上部のエース・成瀬がなぜか度々柚葵を助けてくれるように。まるで、彼に自分の声が聞こえているようだと不思議に思っていると、成瀬から突然『人の心が読めるんだ』と告白される。少しずつふたりは距離を縮め惹かれ合っていくけれど､成瀬と柚葵の間には、ある切なすぎる過去が隠されていた…。“消えたい”と“生きたい”の間で葛藤するふたりが向き合うとき、未来が動き出す――。

ISBN978-4-8137-1141-4／定価671円（本体610円+税10%）

『山神様のあやかし保育園二～妖こどもに囲まれて誓いの口づけいたします～』　皐月（さつき）なおみ・著

お互いの想いを伝え合い、晴れて婚約できた保育士のぞみと山神様の紅。同居生活をスタートして彼からの溺愛は増すばかり。でも、あやかし界の頂点である大神様のお許しがないと結婚できないことが発覚。ふたりであやかしの都へ向かうと、多妻を持つ女好きな大神様にのぞみが見初められてしまい…。さらに大神様の令嬢、雪女のふぶきちゃんも保育園に入園してきて一波乱!?果たしてふたりは無事結婚のお許しをもらえるのか…？保育園舞台の神様×保育士ラブコメ、第二弾！

ISBN978-4-8137-1140-7／定価693円（本体630円+税10%）

『京の鬼神と甘い契約～天涯孤独のかりそめ花嫁～』　栗栖（くりす）ひよ子・著

幼い頃に両親を亡くし、京都の和菓子店を営む祖父のもとで働く茜は、特別鋭い味覚を持っていた。そんなある日、祖父が急死し店を弟子に奪われてしまう。追放された茜の前に浮世離れした美しさを纏う鬼神･伊吹が現れる｡「俺と契約しよう。お前の舌が欲しい」そう甘く迫ってくる彼は、身寄りのない茜を彼の和菓子店で雇ってくれるという｡しかし伊吹が提示してきた条件は､なんと彼の花嫁になることで…!?祖父の店を取り戻すまでの期限付きで、俺様＆溺愛気質な伊吹との甘くキケンな偽装結婚生活が始まって――。

ISBN978-4-8137-1142-1／定価638円（本体580円+税10%）

スターツ出版文庫　好評発売中!!

『今夜、きみの声が聴こえる～あの夏を忘れない～』　いぬじゅん・著

高2の咲希は、幼馴染の奏太に想いを寄せるも、関係が壊れるのを恐れて告白できずにいた。そんな中、奏太が突然、事故で亡くなってしまう。彼の死を受け止められず苦しむ咲希は、導かれるように、祖母の形見の古いラジオをつける。すると、そこから死んだはずの奏太の声が聴こえ、気づけば事故が起きる前に時間が巻き戻っていて――。咲希は奏太が死ぬ運命を変えようと、何度も時を巻き戻す。しかし、運命を変えるには、代償としてある悲しい決断をする必要があった…。ラスト明かされる予想外の秘密に、涙溢れる感動、再び！

ISBN978-4-8137-1124-7／定価682円（本体620円＋税10%）

『余命一年の君が僕に残してくれたもの』　日野祐希（ひのゆうき）・著

母の死をきっかけに幸せを遠ざけ、希望を見失ってしまった瑞樹。そんなある日、季節外れの転校生・美咲がやってくる。放課後、瑞樹の図書委員の仕事を美咲が手伝ってくれることに。ふたりの距離も縮まってきたところ、美咲の余命がわずかなことを突然打ち明けられ…。「私が死ぬまでにやりたいことに付き合ってほしい」――瑞樹は彼女のために奔走する。でも、彼女にはまだ隠された秘密があった――。人見知りな瑞樹と天真爛漫な美咲。正反対のふたりの期限付き純愛物語。

ISBN978-4-8137-1126-1／定価649円（本体590円＋税10%）

『かりそめ夫婦の育神日誌～神様双子、育てます～』　編乃（あみの）　肌（はだ）・著

同僚に婚約破棄され、職も住まいも全て失ったみずほ。そんなある日、突然現れたのは、水色の瞳に冷ややかさを宿した美神様・水明。そしてみずほは、まだおチビな風神雷神の母親に任命される。しかも、神様を育てるために、水明と夫婦の契りを結ぶことが決定していて…⁉「今日から俺が愛してやるから覚悟しとけよ？」強引な水明の求婚で、いきなり始まったかりそめ家族生活。不器用な母親のみずほだけど、「まぁま、だいちゅき」と懐く雷太と風子。かりそめの関係だったはずが、可愛い子供達と水明に溺愛される毎日で――⁉

ISBN978-4-8137-1125-4／定価682円（本体620円＋税10%）

『後宮妃は龍神の生贄花嫁　五神山物語』　唐澤和希（からさわかずき）・著

有能な姉と比較され、両親に虐げられて育った黄煉花。後宮入りするも、不運にも煉花は姉の策略で身代わりとして恐ろしい龍神の生贄花嫁に選ばれてしまう。絶望の淵で山奥に向かうと、そこで出迎えてくれたのは見目麗しい男・青嵐だった。期限付きで始まった共同生活だが、徐々に距離は縮まり、ふたりは結ばれる。そして妊娠が発覚！しかし、突然ふたりは無情な運命に引き裂かれ…「彼の子を産みたい」とひとり隠れて産むことを決意するが…。「もう離さない」ふたりの愛の行く末は⁉

ISBN978-4-8137-1127-8／定価660円（本体600円＋税10%）

スターツ出版文庫　好評発売中!!

『今夜、きみの涙は僕の瞬く星になる』　此見えこ・著

恋愛のトラウマのせいで、自分に自信が持てないかの子。あるきっかけで隣の席の佐々原とメールを始めるが突然告白される。学校で人気の彼がなぜ地味な私に？違和感を覚えつつも付き合うことに。しかし、彼はかの子にある嘘をついていて…。それでもかの子は彼の優しさだけは嘘だとは思えなかった。「君に出会う日をずっと待ってた」彼がかの子を求めた本当の理由とは…？星の見える夜、かの子は彼を救うためある行動に出る。そして見つけたふたりを結ぶ真実とは——。切なくも希望に満ちた純愛物語。

ISBN978-4-8137-1095-0／定価660円（本体600円+税10%）

『後宮の寵姫は七彩の占師』　喜咲冬子・著

異能一族の娘・翠玉は七色に光る糸を操る占師。過去の因縁のせいで虐げられ生きてきた。ある日、客として現れた気品漂う美男が後宮を蝕む呪いを解いて欲しいと言う。彼の正体は因縁の一族の皇帝・啓進だった！そんな中、突如賊に襲われた翠玉はあろうことか啓進に守られてしまう。住居を失い途方にくれる翠玉。しかし、啓進は事も無げに「俺の妻になればいい」と強引に後宮入りを迫ってきて…!?かくして“偽装夫婦”となった因縁のふたりが後宮の呪いに挑む——。後宮シンデレラ物語。

ISBN978-4-8137-1096-7／定価726円（本体660円+税10%）

『鬼の花嫁三～龍に護られし娘～』　クレハ・著

あやかしの頂点に立つ鬼、鬼龍院の次期当主・玲夜の花嫁となってしばらく経ち、玲夜の柚子に対する溺愛も増すばかり。柚子はかくりよ学園の大学二年となり順調に花嫁修業を積んでいた。そんな中、人間界のトップで、龍の加護を持つ一族の令嬢・一龍斎ミコトが現れる。お見合いを取りつけて花嫁の座を奪おうとするミコトに対し、自分が花嫁にふさわしいのか不安になる柚子。「お前を手放しはしない」と玲夜に寵愛されてつつも、ミコトの登場で柚子と玲夜の関係に危機…!?あやかしと人間の和風恋愛ファンタジー第三弾！

ISBN978-4-8137-1097-4／定価693円（本体630円＋税10%）

『縁結びのしあわせ骨董カフェ～もふもふ猫と恋するふたりがご案内～』　蒼井紬希・著

幼いころから人の心が読めてしまうという特殊能力を持つ凛音。能力のせいで恋人なし、仕事なしのどん底な毎日を送っていた。だが、ある日突然届いた一通の手紙に導かれ、差出人の元へ向かうと…そこには骨董品に宿る記憶を紐解き、ご縁を結ぶ「骨董カフェ」だった!?イケメン店主・時生に雇われ住み込みで働くことになった凛音は、突然の同居生活にドキドキしながらも、お客様の骨董品を探し、ご縁を結んでいき…。しあわせな気持ちになれる、もふもふ恋愛ファンタジー。

ISBN978-4-8137-1098-1／定価682円（本体620円＋税10%）

スターツ出版文庫　好評発売中!!

『まだ見ぬ春も、君のとなりで笑っていたい』 汐見夏衛・著

一見悩みもなく、毎日をたのしんでいるように見える遥。けれど実は、恋も、友情も、親との関係も何もかもうまくいかない。息苦しくもがいていたとき、不思議な男の子・天音に出会う。なぜか声がでない天音と、放課後たわいもない話をすることがいつしか遥の救いになっていた。遥は天音を思ってある行動を起こすけれど、彼を深く傷つけてしまい…。嫌われてもかまわない、君に笑っていてほしい。二人が見つけた光に勇気がもらえる——。文庫オリジナルストーリーも収録！

ISBN978-4-8137-1082-0／定価726円（本体660円＋税10%）

『明日、君が死ぬことを僕だけが知っていた』 加賀美真也・著

「僕は小説家にはなれない——」事故がきっかけで予知夢を見るようになった公平は、自身の夢が叶わない未来を知り無気力な人間となっていた。そんなある日、彼はクラスの人気者・愛梨が死ぬという衝撃的な未来を見てしまう。愛梨の魅力を認めながらも、いずれいなくなる彼女に心を開いてはいけないと自分に言い聞かせる公平。そんな時、ひょんなことから愛梨が死亡するという予知を本人に知られてしまい…。「私はそれでも、胸を張って生きるよ」正反対のふたりが向き合うとき、切なくも暖かな、別れへの時間が動き出す——。

ISBN978-4-8137-1083-7／定価649円（本体590円＋税10%）

『新米パパの双子ごはん～仲直りのキャンプカレー～』 遠藤 遼・著

突然四歳の双子、心陽と遥平のパパになった兄弟——兄の拓斗は、忙しい営業部から異動し、双子を溺愛中。一方、大学准教授の弟・海翔も親バカ全開の兄をフォローしている。ふたりは、同じ保育園の双子・優菜と愛菜の母・美涼とママ友になる。交流するうち、海翔はシングルマザーで双子を育てる美涼の健気さに惹かれていき…!?無邪気な子供達の後押しでW双子のキャンプデビューを計画する。しかし、慣れないアウトドアに大苦戦…さらに食いしん坊双子の喧嘩勃発!?——可愛い双子に癒やされる、バディ育児奮闘記、再び！

ISBN978-4-8137-1080-6／定価682円（本体620円+税10%）

『龍神様と巫女花嫁の契り～神の子を身籠りて～』 涙鳴・著

最強の不良神様・翠と、神堕ち回避のためかりそめ夫婦になった巫女の静紀。無事神堕ちを逃れたのち、相変わらず鬼畜で強引な翠と龍宮神社を守る日々を送っていた。そんな中、翠は大切な仲間を失い悲しみに沈む。静紀は慰めたい一心で夜を共にするが…その後妊娠が発覚！巫女なのに身重では舞うこともできず、翠に迷惑をかけてしまう…でも「翠の子を産みたい」。静紀は葛藤の末、ひとり隠れて産むことを決意するけれど…。「お前を二度と離さねえ」ふたりが選んだ幸せな結末とは？かりそめ夫婦の溺愛婚、待望の第二弾！

ISBN978-4-8137-1081-3／定価660円（本体600円+税10%）

書店店頭にご希望の本がない場合は、書店にてご注文いただけます。